鳥籠のかぐや姫　上

宵月に芽生える恋

鶴葉ゆら

角川文庫
23950

目次

おもな登場人物
【黒鳶隊】
「妖影」と呼ばれる、人間を喰らう妖を討伐する役目を担う国の柱の組織。高官職だが激務で、命の危険を伴う。人々に感謝されつつも、恐れられ忌避されることも少なくない。
かぐや
美しい少女だが、特異な力を持つことから虐げられ、人形のように生きてきた。隆勝に婚姻の形で救い出され、黒鳶の姫巫女として力を振るうよう求められる。
祇王隆勝
ぎおう　たかまさ
黒鳶隊の大将を務める美丈夫。現帝からの信頼も厚い先帝の子。武骨だが誠実で、度量の広い人物。英雄と尊敬される一方で、鬼大将と畏怖されてもいる。
イラスト／セカイメグル

笹野江海祢
ささのえ あまね

黒鳶中将。中流貴族の出だが有能な、隆勝の補佐役。話術が巧みで情報収集が得意。女性に対して優しい。

蘇芳凛
すおう りん

黒鳶少将。二大公家出身の真面目で努力家な少年。心許した相手には、年相応な素顔を見せる。

零月
れいげつ

かぐやが兄と慕う、腕の良い錺［かざり］職人。人当たりのよい美しい男性。かぐやと同じく金の瞳を持つ。

天誠帝
てんまてい

現帝。自由と平等を尊ぶ名君と人々から慕われている。隆勝が忠誠を捧げる異母兄。

鵜胡柴親王
うこしばしんのう

皇太弟。隆勝の異母兄。自らの高貴な血筋を誇り、身分の低い人間を侮る。利己的な人物で帝位を狙っている。

序章　朧の宵

霧煙る丑三つの刻。月は薄雲に隠れ、現世は朧にぼやけている。

かぐやは夢うつつの中で、人気のない長屋に挟まれた大路に座り込んでいた。頭は朦朧としていたが、徐々に汗を吸った白小袖が外気を含んで冷たくなっているのを感じた。少しずつ思考が冴えていき、今度は腐敗臭が鼻をつく。

かぐやは眉を顰め、ぼんやりと少し先に仰向けで転がっている〝それ〟を捉えた。口吻は極端に細長く、ミミズのように長い舌がいくつもある黒い影のような妖。その胸には光る矢が突き刺さっている。

ここ数日、脳髄を啜られた人間の屍が里のあちこちで見つかったと、馴染みの錺職人に聞いたのを思い出す。恐らく目の前で死に絶えているのが人間を喰らっていた異形のもの、妖影だろう。

そのとき、さあっと風が吹いた。金目の妖影がさらさらと灰のように崩れていく。霧や雲も風に攫われ、天には満月が顔を出した。

だが、なぜだろう。かぐやを照らす頭上のあの輝きよりも、地上のほうが眩いのだ。辺りに視線をやれば、金色の羽が散らばり、星の如く瞬いている。

それよりもさらに強い光を放っている手元を恐る恐る見れば、光の弓を握りしめていた。下を向いた拍子にさらりと視界に映り込んだ髪は、墨を染みこませたような黒から金へと変わっている。

「……っ」

身体が小刻みに震えだす。手足には鉄枷と引き千切れた鎖がついており、じゃらじゃらと不快な音を立てていた。

枷で擦れて傷ついた肌が夜風に触れるたび、ひりひりとする。夢ならばよかったのだが、その痛みが嫌というほど、かぐやを現実に引き戻した。

「ぁ……ああ……」

漏れた声は掠れている。

(またなの?)

さああっと血の気が失せていく。途方に暮れ、仰いだ月は残酷なほどに美しく、涙が頬を伝った。

「私はまた、殺してしまったの……?」

一章　月下の邂逅

時は金鵄（きんし）国、第三十三代帝（みかど）、天誠帝（てんまてい）の御世（みよ）。退位した先帝の治世まで皇親（こうしん）を中心とする政（まつりごと）が続き、公家（くげ）の者でなければ高官に就任できなかったのに対し、天誠帝は優秀ならば中流、下流貴族も積極的に国政に関わらせ、徴募（ちょうぼ）により初めて能力のある平民を兵に雇用するなど、自由と平等を尊ぶ名君と慕われている。

平らかになっていく兆（きざ）しが見えている金鵄国ではあるが、暗雲は未（いま）だこの地を覆ったままである。建国帝（けんこくてい）の治世より蔓延（はびこ）る妖影の存在だ。その実体が黒い影のような妖であることからそう呼ばれている。妖影は人間に取り憑（つ）けば言葉を話すことができ、その皮を借りて人間を油断させ、喰らう知恵があるのだとか。妖影に憑かれた者は妖影憑きと呼ばれ、死以外に解放される術（すべ）はない。

現帝（げんてい）の御世になる頃には妖影の数が増え、被害は深刻であった。都（みやこ）から遠く離れたこの隠岐野（おきの）の邦（くに）の辺境の里にも、その魔の手は伸びている。

「かぐや姫、ついにあの祇王（ぎおう）家の方から文が届いたぞ。お前に会いたいとのことであった！」

板張りの渡殿のほうから、どたどたと足音が近づいてきたかと思えば、遠慮なく御簾を上げられた。

はしゃぎながら母屋に入ってきたのは齢六十の翁、名を讃岐造という。

讃岐家は庶民なのだが、翁は貴族の平常服である小豆鼠色の袍と紺桔梗の袴を身に着け、礼帽をかぶり、扇を持っている。

竹林の奥深くにあるこの屋敷は広々とした寝殿に加え、後付けの対の屋まであり、貴族屋敷に比べればこぢんまりとしているが、もとの家屋に比べれば十分すぎるほど立派だ。庶民ではまず住めない。

暮らしぶりはまさに貴族のようであるが、翁の振る舞いは高貴さからはほど遠かった。

「お前ももう十六、嫁いでいてもおかしくない歳だ。お前を嫁にと思っているのだろう。縁談相手には申し分ない。なにせ相手は――」

翁はかぐやのいる帳台の前までやってくるや言葉を切った。喜々としていた表情はみるみる険しくなり、かぐやは身構える。

「……なぜ錠が壊れているのだ」

翁は帳台を囲む木格子の戸につけられた錠を持ち上げた。続いてかぐやの手足につけられた鎖の切れた鉄枷に目をやり、壊れた錠を持つ手をふるふると震わせる。

「また、屋敷を抜け出したのか！」

翁は顔を真っ赤にして怒鳴りながら、錠を床に叩きつけた。

かぐやはびくっとしながら、悲鳴を噛み殺す。声を出せば、翁を余計に不快にさせるからだ。

「まさか、また妖影を……殺したのか？」

そうだと言えば殴られる。それがわかっていながら、答える勇気はなかった。

翁や媼から聞いた話なのだが、かぐやには幼い頃から、誰かに身体を乗っ取られたかのように、夜な夜な屋敷の外をうろつく癖があったらしい。朝になり目が覚めると寝床で眠っており、初めは夢だと思っていたのだが、恐らく九つか十のときだ。昨夜のように外で目覚めるようになり、そのときは決まって髪が金色に染まり、あの光の弓を手にしていた。目の前には自分が討ったであろう妖影の死骸もあった。

当然、里の者たちは『妖影憑き』『妖しの姫』とかぐやを忌み嫌った。

この鉄枷と格子付きの帳台は、かぐやの奇行を止めるためのものだったのだが、もはや無意味。自分でもどうやったのかはわからないが、かぐやはまた妖影を殺したのだから。

鎖を見事に断ち切り、格子の戸の錠も壊し、細工職人に特別に作らせた鉄枷の
「お前が普通でないと知られれば、縁談はなくなるかもしれないのだぞ！」

礼帽を床に叩きつけ、髪を掻き回す翁を息を殺して見守る。

両親はかぐやを産んですぐに捨て、そのまま姿を消したそうだ。きっとこの世に生まれ落ちたその瞬間から、かぐやは化け物の片鱗を見せていたのだろう。

代わりにかぐやを育てたのが母方の翁と媼であった。ふたりに捨てられてしまったら、

他に行き場がない。無力な自分は、巣から落ちた雛鳥のように淘汰され死ぬだろう。

「誰かに見られていないだろうな！　また里の者から気味悪がられるではないか！」

「も、申し訳……あ、ありま……」

怒濤の勢いで罵倒され、まともに謝罪の言葉すら口にできず、ひれ伏すしかなかった。

「謝るということは見られたのか？　そうなのだな⁉」

びくびくしながら床に額を擦りつけ、ひたすら翁の怒りが冷めるのを待つ。

（ああ……また、あそこに戻されてしまう……）

かぐやが初めて知った言葉は、ふたりが何度も浴びせてきた『疫病神』だった。初めて知った世界は埃臭い闇。物心つく前から、かぐやは納屋に閉じ込められていた。理由は言わずもがな、例の奇行と変わる見目のせいだ。

時間の感覚が育つ前から納屋にいたかぐやは、自分がいくつなのか、今日が何日なのかもわからないまま歳を重ねた。

だがある日、ふたりは成長したかぐやを見てひどく怯えたかと思えば、満面の笑みを浮かべて裳着の式をすると言い出した。十歳くらいになると、皆やることなのだと。初めは意味がわからなかったが、あとになって裳着が吉日を選んで裳を着け、髪上げをすることで成人と認められる式だということを知った。裳着を済ませると結婚が許されるのだと。

裳着を終え、翁はかぐやの名を決めてもらうべく、屋敷に宮城の祭祀を司る氏族を招いた。彼は里長でもあったので、かぐやが早く結婚をして里を出て行ってくれるのならと名付け親になったのだ。彼に『なよ竹のかぐや姫』と名付けられたかぐやは、裳着の式を済ませてから檻付きではあるものの部屋を与えられた。やがて翁たちが噂を流したのか、屋敷に恋文が届き始め、貴賤を問わず屋敷の竹塀からかぐやの姿を見ようと訪れる者も現われた。翁たちは一時だけかぐやを檻の外へと出し、簀子を歩かせ、外の男たちにお披露目をした。翁たちはかぐやを裕福な家に嫁がせ、いい暮らしをしようと考えていたのだ。それが功を奏し、貴族からも縁談が舞い込むようになった。

「お前が夜な夜な妖影を討っているなどと知れたら、縁談なんぞ来なくなる！　この生活も終わるのだぞ！　わしらの努力が水の泡だ！　ああっ、どうしてくれるのだ！」

過去に意識を引きずられていたかぐやは、翁の声ではっと我に返る。

我が家は今、縁談を申し込んでくる貴族からの貢ぎ物をあてにして生活をしている。庶民である讃岐家が裕福な暮らしができるのには、そういったからくりがある。

かぐやは疫病神から金を得るための道具になったのだ。だが、悲しくはない。それよりも、まだ必要とされているのだという安堵が勝った。納屋にしまわれたまま、いつか存在すら忘れられてしまうほうがずっと怖い。

「お前を育ててきたわしらの顔に、どれだけ泥を塗れば気が済む！」

翁は乱暴に格子の戸を開け、中に入ってくると、かぐやの腕を引っ張り、大きく手を振りかぶった。

「……っ」

反射的に身を縮こまらせたかぐやはぐっと目を瞑り、痛みを覚悟する。

讃岐家は妖影憑きの子を育てている。ふたりがそう後ろ指をさされて味わった苦しみを思えば、たとえどんな扱いを受けようとも耐えねば。叩かれるのも怒鳴られるのも閉じ込められるのも、すべては自分が普通でないせいなのだから。

「おじいさん、顔はいけませんよ。大事な商売道具なんですから」

手が振り下ろされる前に、呆れた声がかかった。

恐る恐る瞼を持ち上げれば、大きな風呂敷包みを手に媼がひとり入ってくる。名を讃岐絹といい、海老茶色の小袖に麦藁色の打掛を羽織り、手には扇を持っている。翁同様に貴族のような装いだ。

「かぐや姫の世に類ない美しさは、私たちに幸福を運んできてくれるわ。高価な着物、調度品、金貨っていう幸福を」

媼は鼻歌を歌いながら、かぐやの着物を脱がしていく。畳の上に落ちていく緋色の打掛に、鶯色や白の小袖……鮮やかなはずの着物がどれも褪せて見えた。

媼は風呂敷包みを開けて桐箱の蓋を持ち上げる。そこから七重、八重と重ね着る艶やかな装束を取り出し、かぐやの身体にあてた。

「ここぞというときのために誂えた着物です。祇王家の方がいらっしゃる前に、うんと綺麗に着飾らないと」

媼は露わになったかぐやの肌を壊れ物を扱うように撫でる。

精巧な桐竹の文様が施された紅葉色の打掛、鶯色や白色、淡紅梅色に緋色……どの小袖も値が張るもの。ふたりがかぐやに手をかけるのは、決して愛情からではない。金のなる木だからだ。

湯浴みをする日も着る物も、すべては媼が決める。かぐやが自由に決められることなど、なにひとつない。かぐやはふたりの人形だった。

「塀の外からかぐや姫を垣間見た多くの殿方は、この屋敷に足を運ばずにはいられなくなり、かぐや姫の美しさを噂に聞いた公達からの恋文もひっきりなしに届いています。その一方で、お前を妖しの姫と恐れる者がいるのも事実」

現実を突きつけられ、知らず知らずのうちに下を向く。すると媼の手がかぐやの顎にかかり、くっと顔を上げさせた。

「お前のような存在は、どこへ行っても受け入れられない。でも、大丈夫よ」

にんまりとする媼と目が合い、胸がざわざわとする。

「私たちはお前が化け物であろうと、捨てたりしないわ。ここまで育てあげた私たちに恩返しさえしてくれれば、それでいいのよ」

優しいはずの媼の言葉が次々と胸に突き刺さり、食い込んでじくじくと痛みだす。それを受け止め続ければ、心が壊れてしまう。だから、かぐやは考えない。自分の意思に蓋をして、言われるがままに動くことが自分を守る唯一の方法だ。

「かぐや姫、お前も私たちの役に立ちたい、そう望んでいるでしょう？」

「……はい」

その答えしか、かぐやには許されない。自分が裕福な家に嫁ぐことがふたりの望みならば、それを叶えて孝行する。それ以外のことは、もう考えたくなかった。

「祇王家の隆勝様がいらっしゃるのは五日後です。先帝の第三皇子であられ、時の帝とは縁戚関係にある方よ。今までで、いちばんといっていいほどのお相手です」

帝の弟である隆勝のことは、田舎育ちのかぐやでも耳にしたことがある。

まず、この国は鵡奥、丹馬、苧張、河斐、阿須雲、筑呉、隠岐野という七つの島邦からなり、その七つの邦に派遣された邦司と呼ばれる役人によって統治されている。

七つの邦の中心に金陽なる都はあり、豪華な牛車が行き交う大路の先に政の要である宮城がある。その中は皇族の私的な在所である内巣と、政を担う『太政官』や妖影討伐を担う『黒鳶隊』が出仕する外巣に分かれている。太政官と黒鳶隊は国の柱であり、双翼と呼ばれる。この国は内巣と外巣を合わせた卵廷という機関によって統治されているのだ。

卵廷に仕える貴族の中でも一番位が高い一族が『祇王』と『蘇芳』の二大公家であるが、そのうちの祇王の氏を与えられ、皇族の身分を離れ臣下の籍に降りた人物が隆勝だ。

二大公家の人間は、ほとんどが帝の近侍または国政に携わる上級官人になっており、隆勝はこの国で最も重要かつ危険な黒鳶隊の大将を務めている。

その功績は凄まじい。隆勝が二十歳のとき、鵺奥の邦が妖影の大群に攻め入られたことがあった。のちに日蝕大禍と呼ばれるこの戦いで、隆勝は討ち死にした上官の代わりに下役を率い、鬼神のごとく妖影を討ち取っていったのだとか。その戦績が称えられ、黒鳶大将に任じられたのだそうだ。

「ばあさん、隆勝様が縁談を持ちかけてきたら、いつもみたいに返事を引き延ばしたほうがいいだろうか」

「そうですねえ、簡単に成立させては金は搾り取れません。かといって万が一、縁談を逃すようなことがあってもいけないわ。二、三度申し出をお断りして、金をふんだくれるだけふんだくってからお受けしましょう」

これがふたりの常套手段だ。『他の殿方はもっと高価な貢ぎ物をした』『もっとたくさんの金貨を置いていった』と求婚者たちを競わせ、より価値の高い貢ぎ物を持ってこさせる。

翁と嫗がやっていることは正しいこととは思わないが、そもそもふたりがこうなったのは自分のせいだ。ふたりまで周囲から奇異の目で見られてしまい、竹取であった翁から竹を買う者はいなくなり、仕事を続けられなくなってしまった。かぐやのせいで讃岐家は貧しい暮らしを強いられたのだ。かぐやには翁たちを止めることも、こんなことはしたくないと意見することも許されない。

ただ、気がかりなのは……どうして黒鳶隊の大将が、よりにもよって曰く付きの自分に会いに来るのだろう。翁たちは縁談の申し出だと考えているようだが、果たして本当にそうだろうか。妖しの姫の噂を聞きつけて、妖影憑きか否か確かめるためではないだろうか。妖影憑きと判断されれば、討伐されるかもしれない。そう思ったら恐ろしくて、どうにかなってしまいそうだった。

危険なのは、もちろんかぐやだけではない。翁や媼も妖影憑きを匿っていたとして、罰せられるかもしれないのだ。

今しがた肩から落とされた白小袖の胸元を手繰り寄せ、ふたりの機嫌を害すると承知の上でかぐやは口を挟む。

「あの……おじいさま、おばあさま。隆勝様にお会いして、大丈夫でしょうか……？会いたいと言ったのは、妖しの姫の噂を知り、私が妖影憑きか見極めるためでは……」

ふたりの動きがぴたりと止まる。刺すような視線に射貫かれ、続けようと思っていた言葉が喉に張り付いて出てこない。

「わしらがこんな汚い手を使って金を稼がなければならんのは、誰のせいだ？」

「っ、わ……私の、私のせいです」

「そうだ！　それなのにお前は、縁談を断ろうとしているのではあるまいな！」

滅相もない、とかぐやは頭を振る。

「ち、違います。私はただ、おじいさまとおばあさまが心配で……っ」

「口答えをするな！」

鼓膜が破れそうなほどの怒声を浴びせられ、かぐやの身体は硬直する。

こうなっては、なにを言っても焼け石に水だ。口を閉じ、ひたすら項垂れる。

「お前は貴族に気に入られ、その恩恵をわしらにもたらす。それが罪滅ぼしというものだろう！　まったく、育ったのは身体だけで頭は幼子のままか？　やはり三か……」

「――おじいさん」

媼は強い口調で翁の言葉を遮る。なにを言いかけていたのか、翁はばつが悪そうな顔をしていた。どんな内容にせよ、かぐやへの叱責だろう。

余計なことを言ってしまったと後悔していると、媼は嘆息した。

「私たちに盾突くなんて、聞き分けのない。かぐや姫、背中をこちらに向けなさい」

かぐやを見向きもせず淡々と命じる媼に、一気に血の気が引いた。

「お、おばあさま……お願いです。どうかお許しください……っ」

その足元に縋るも、無表情で足蹴にされる。「うっ」と帳台に倒れると、鞭を手にした翁が歩いてきた。冷淡な目で見下ろされ、悟る。ああ、逃げられない……と。

「さっさとしないか！」

諦めに支配され、思考するのをやめた頭の代わりに、身体だけが言われるがままに動く。白小袖を脱いで胸元に抱くと、翁に背を晒した。これから襲ってくる痛みに耐えるべく、白小袖の布を強く噛み締める。

「この出来損ないが！」

「っ、う……」

ぱしんっと鞭が肌を打ち、かぐやは声にならない悲鳴をあげた。灼熱感と共に切るような痛みが背に走り、冷や汗が額に滲む。全身は強張り、涙が込み上げてきた。

「誰のおかげで、ここまで生きてこられたと思っている！」

「うっ……っ、う……っふ……」

何度も何度も鞭が振り下ろされた。あまりの激痛に布を噛み締めていても、口の隙間から悲鳴が漏れる。その間、嫗は何事も起こっていないかのように、かぐやが脱いだ着物を畳んでいた。

これは当然の報い。化け物である自分を育ててくれたふたりになにも返せていないばかりか、迷惑ばかりかけてしまうことへの……。この罰をきちんと受けたら、いつかふたりは許してくれるだろうか。愛してくれるだろうか……。

「おじいさん、背中だから見えないとはいえ、傷は浅めにお願いしますね。初夜までには治さないと、傷ものはいらないなんて追い返されでもしたら大変ですからね」

「そのときは体調が悪いとでも言って……ふんっ、傷が治ってから嫁に出せばいい……ふ！」

鞭を振るいながら翁が言うと、

「それもそうですね」

嫗は茶の間での会話のような返事をする。痛みに意識が飛びそうになる中、かぐやの胸には木枯らしが吹いていた。

（いっそこのまま気絶してしまえたらいいのに）

納屋に閉じ込められていた頃から、鞭で打たれるのは日常茶飯事であった。従順に機嫌を損ねないように立ち回る。そんな術を覚えてからは回数は減ったものの、予測できないところで逆鱗に触れてしまうこともある。そうなると、あとはどれだけ弁解しても意味がない。ふたりの気が済むまで耐えるしかないのだ。

だが、なにより痛いのは心だ。心の庇い方だけはいまだにわからず、かぐやは苦痛から逃れるように目を閉じる。底のない闇の中に自分が落ちていくところを想像するのだ。こうやって感覚を切り離さなければ、この地獄のような時を乗り切れない。

それから三十回目の鞭打ちが終わったところで、ようやく解放されると、媼はやっとかと言わんばかりに自分の肩を揉みながら立ち上がった。

「そこの桶の水でしっかり身体を拭きなさい」

かぐやがじっと痛みに耐えている間に汲みに行ったのだろう。水の入った桶が前に無造作に置かれていた。

「わかり……ました……」

白小袖で胸元を隠しながら、ゆっくりと身体を起こす。身も心もすり減って声にも力が入らない。

「この着物を試しに着てもらおうと思っていたのに、血で汚れてしまうから、すぐには無理そうね」

嫗はぶつくさと文句を言いながら、新しい錠を格子の戸に取り付ける。

「では、私は錺職人を待たせていますから、行きますよ。お前の着物に合う髪飾りを作ってもらわないとならないのに、時を無駄にしましたね」

小言を述べながら錠の鍵を閉めると、嫗は翁と部屋を出ていく。ひとりになると、かぐやは重い身体を引きずるようにして桶に近づき、中の手拭いで身体を拭いた。

嫗は着物の心配はしても、かぐやの心配はしない。ふたりが自分を見てくれないのは、愛してくれないのは、かぐやが人間として出来損ないだからだ。

『この出来損ないが！』

『誰のおかげで、ここまで生きてこられたと思っている！』

頭の中で翁の怒声がこだまして頭痛がする。鞭で打たれている間、興味なさげに着物を畳む嫗の顔が瞼の裏にこびりついて離れない。

『わしらがこんな汚い手を使って金を稼がなければならんのは、誰のせいだ？』

自分の存在がふたりを苦しめている。なのにいつか愛してくれるかもしれないなんて、自分の罪深さを思い知っても足りない。他の誰でもなく自分が唯一の家族を不幸にしたというのに。

身体を拭く手も徐々に緩慢になり、やがて止まる。俯いた拍子に、つうっと涙が頬を伝った。

「申し訳、ありません……」

目を閉じて恐怖や痛みを切り離して、抗うことをやめて……なにも感じない人形になって耐えるしかない。罪から逃れて死ぬことすら、自分には許されていないのだから。

「かぐや姫」

暗闇に閉じこもっていると、耳馴染みのある声に呼ばれた。重い瞼を持ち上げれば、御簾に人影が映る。

慌てて白小袖を纏って「どうぞ」と返事をすれば、麻の葉柄の濃紫の袍と同色の袴を着た男が中に入ってきた。ゆるく癖がついた紫がかった黒髪は腰まであり、瞳はかぐやと同じで珍しい金色。その綺麗な顔立ちで微笑みかけられると、女性に見間違えそうになるが、体格は男らしくがっしりしている。

十年上の彼は媼が贔屓にしている錺職人だ。挽き櫛や簪を作っていて、かぐやが裳着の式を済ませたあとくらいの頃からこの屋敷に頻繁に出入りしている。

「零月さん」

彼は子供の頃に親に捨てられたため、姓がない。生きる術を得るために見よう見まねで始めた簪作りは、今や隠岐野の花楽屋でも大好評だそうだ。

邦に一か所ずつ置かれている花楽屋は、料理や花娼の歌舞でもてなす貴族御用達の店。花娼は華やかな衣装に身を包み、座敷を盛り上げる芸者を指す。芸事に秀で、文学などの教養が必要とされる女の花形職だ。貴族に気に入られ、愛妾となる者も多いらしい。

零月は人当たりもよく美丈夫なので、仕事で花楽屋に行くたび、花娼の女が帰したがらないのだそう。彼はそんな格式ある花楽屋が愛顧する錺職人だが、捨て子で平民の出だ。その生い立ちゆえに、貴族に嫁がせたいかぐやのそばに彼がいるのを、翁や媼は嫌いそうなものだが、すっかり気に入られている。

魔性の魅力とでもいうのだろうか。彼を目にした者は男女問わず皆、彼に魅せられるようだ。幼い頃から彼を知るかぐやですら、ときどきはっとすることがある。

「つれないですね、かぐや姫。ふたりのときは零月兄さんと呼んでほしいと言いましたのに」

「あ……はい、零月兄さん」

本気で残念そうにする彼を見たら、自然と頬が緩んだ。

もちろん血の繋がりはないが、歳の離れたかぐやを本当の妹のように可愛がってくれる人だ。

「姫にそう呼ばれると、出会ったばかりの頃を思い出しますね」

零月との思い出はかぐやの胸を温かくする。あれはそう、長く閉じ込められていた納屋を出たばかりの頃のこと。

妖しの姫、妖影憑き――。周りにはかぐやを忌み嫌う者たちしかおらず、おかしな行動をとれば翁や媼にもその矛先が向く。そうなればまた鞭で叩かれ、冷水を浴びせられる。自分を傷つける者しかいない外の世界は、恐ろしくてたまらなかった。ゆえに、外から来た人間である零月に対しても怯えていた。そんなかぐやに、零月は讃岐家に来るたび根気強く外の世界の話をしてくれた。

「零月兄さんはおじいさまたちに内緒で、外の世界の甘味や景色を描いた絵、書物……色々な物を差し入れてくれましたよね」

「それくらいしか、できなかったものですから」

申し訳なさそうに肩を竦める零月に、かぐやは首を横に振る。

「それくらいなんて、言わないでください。この屋敷から出られない私にとって、零月兄さんからの贈り物は外の世界を知る唯一の手段だったのです」

特に書物は人の世の常識を知ることができ、なにより辛い現実から逃避できるお守りのようなものでもあった。

「新しい世界を見せてくれた零月兄さんは、異国の風のようです。感謝しています」

兄と呼ばせてくれて、心の拠りどころでもある彼は、人が怖くてたまらなかったかぐやが唯一気を許せる人だ。

「かぐや姫……私は感謝されたくて、この世界を見せたわけではなかったのですが……」

零月は感情を覆い隠すような貼り付けた笑みを浮かべる。

かぐやがかける言葉を探していると、零月は桶の中に浮かぶ血のついた手拭いをちらりと見て、格子の戸につけられた錠の鍵を開けた。

「かぐや姫、薬を塗ってあげましょう」

そう言われ、無意識に部屋の入り口を確認するかぐやに、零月は気づいたのだろう。

「大丈夫です。翁方には、着想の妨げになるので姫とふたりにしてほしいとお願いしましたから、ここにはしばらく来ないでしょう」

露骨にほっとしてしまう。依頼された髪飾りを作るためだと言えば、ふたりきりになっても怪しまれない。だが、それが可能なのは零月が格子の戸の鍵も預けられるほど、媼に気に入られている錺職人だからというのが大きい。

かぐやがされていることを知っている彼は、翁と媼をうまく丸め込んで幾度も手当をしてくれた。その気遣いを嬉しく思う反面、身内の自分よりも信用されている零月が羨ましくもあった。

「また、愛らしいお顔が萎れてしまいましたね」

悲しそうに眉を下げた零月は、かぐやの白小袖をずらし、背に軟膏を塗ってくれる。傷口に触れられるたびにひりっとして唇を噛んだかぐやだったが、今は身体よりも胸のほうが痛かった。

「かぐや姫、あなたはこれだけのことをされても、屋敷から逃げ出そうとは思わないのですか？　私なら隙を見て、あなたを連れ出せるのですよ？」

そう言われるのは、もうこれで何度目だろう。自分を逃がそうとしてくれる零月の気持ちは嬉しいけれど……。

「おじいさまとおばあさまを裏切ることはできません」

「なぜ、そこまでふたりを想えるのです？　あなたへの仕打ちを思えば、恨んでいいくらいだ」

理解できないという顔をする零月に、かぐやは首を横に振る。

「ふたりは誰に後ろ指をさされようと、私を捨てないでいてくれました。私がふたりから職も里での居場所も奪ったのです。その罪滅ぼしもせず、自分だけ自由になるなんて許されません」

「あなたは優しすぎる」

「いいえ、優しさなどではないのです」

口では立派なことを言っているが、心の中では許されない願いを抱いている。

ふたりのために尽くせばいつかは愛してもらえるのではないかと、浅ましい望みを抱いている。

けれど、尽くせば尽くすほどかぐやの自由はなくなった。ここから逃げたいと思ったこともあったが、そのたびにふたりを不幸にした罪がかぐやを戒める。そこで気づいた。自分はどこにも行くことはできないのだと。

わかってはいても、心を殺して生き続けるのに、もう疲れていた。

存在するだけで、そばにいる者に不幸を運んでしまうのなら。自分がそんな妖影憑きならば、いっそ黒鳶隊に退治されてしまいたい。

黒鳶大将である隆勝が会いに来ることを聞いて恐ろしく思う反面、自分を終わらせてくれるかもしれないと期待もしていた。

ただ、罪滅ぼしもできないまま逝くことは、やはり許されないだろう。死ぬ自由すらも自分にはないというのに、解き放たれたいと、もうひとりの自分が叫んでいる。

叶(かな)わぬ願いを抱くほど虚(むな)しいものはなく、小さく息をついたとき。薬を塗り終えた零月は、かぐやに白小袖を着せながらぼそりと呟(つぶや)いた。

「その優しさが、姫の身を滅ぼさなければいいが……」

零月の低い呟きに、かぐやは「え？」と振り返る。けれども零月はいつもと変わらない優しい笑みを浮かべ、「終わりましたよ」と薬を懐にしまった。

「姫が望まないのなら、私が強要するわけにはいきません。ですが、姫が助けを求めたそのときは、力になる者がここにいることをお忘れなきよう」

「零月兄さん……はい、ありがとうございます。ですが……もうじき嫁ぐことになりそうなのです。そうなれば、零月兄さんとも会えなくなってしまいます」

もし隆勝の目的が本当に婚姻の申し込みならば、かぐやは遠く離れた都に移り住まねばならないだろう。相手が隆勝でなくとも、翁たちはそのうち恋文を送ってきた貴族の誰かにかぐやを嫁がせるはずだ。いずれにしても、この里を出ることになる。

「それで翁方は、私に新しい髪飾りを依頼なさったのか……嫁ぎ先は決まっているのですか？」

「それはまだ……ですが、祇王隆勝様から文が届いたそうで、おじいさまたちはなにがなんでも、私を祇王家に嫁がせようとするはずです」

媼は隆勝との逢瀬のために、とっておきの着物まで出したのだ。貴族に引っ張りだこの零月に新しい髪飾りを依頼したことからも、気合の入れようが今までの比ではない。

「祇王隆勝様といえば、黒鳶の……」

零月は思案するように視線を落としたあと、かぐやの両肩にそっと手を乗せた。

「姫がどこへ嫁いだとしても、会いにゆきますよ。それに近々、都の花娼からも依頼があって金陽へ行くので、そちらできっとまた会えます」

「零月兄さんは本当に人気の錺職人ですね」

「ふふ、そうなんです。求められれば、どこへでも行きます。ですから、そのように寂しそうなお顔をなさらないでください」

気心の知れた相手は零月だけだというのに、寂しくならないわけがない。かぐやは曖昧な笑みを返しながら、肩に乗っている零月の手に自分の手を重ねる。

「零月兄さんなら、私がどこへ嫁いでもふらっと現われそうです」

「ええ、いつだって姫を見守っています。約束の証として、あなたにこれを」

耳の上に、すっとなにかを挿し込まれる。手鏡を渡されて確認してみると、かぐやの垂髪に白い花の髪飾りがついていた。

「月下美人。夕方から咲き始めて、朝には萎んでしまう花です。夜の間だけ姿を見せてくれるなんて、月みたいだと思いませんか？　あなたにぴったりだ」

（私にぴったり……それは月が？　それとも月下美人の花が？）

月を見上げると、どうしようもなく泣きたくなること。妖影を殺すとき、現われる弓や変色する髪が金色に輝くこと。この髪飾りは、かぐやの秘密を体現しているかのようだ。

彼に他意はないはずなのに、自分が秘密を持ちすぎているばかりに過敏に勘繰ってしまう。

「かぐや姫、気に入りませんでしたか？」

悲しそうな声に、物思いに沈んでいたかぐやははっとする。

「あっ……とても、とても嬉しいです。他ならぬ、零月兄さんからの贈り物なのですから」

「前々から、かぐや姫に私の作った髪飾りを贈りたいと思っていたのです。随分と前に出来上がっていたのですが、改まって渡すのはどうにも照れ臭く……ですが、姫が嫁ぐとなればそうも言っていられませんから」

「零月兄さんが私を想って作ってくれたこの髪飾りがあれば、どこにいても零月兄さんを感じられますね」

髪飾りに触れて笑みを浮かべれば、零月は妖しく口角を上げた。

「愛らしいことを言ってくれる」

その意味深な眼差しに見入っていると、零月はかぐやの下瞼を指でなぞる。

「……あなたの瞳は、私と同じ金色。私たちは、別の世では本当に兄妹だったのかもしれませんね？」

茶化すような物言いに、かぐやも笑い混じりに返す。

「前世では、そうであったかもしれませんね。ですが、零月兄さんは異国の血が混じっているとか。それでそのような瞳の色なのでしょう？」

前に零月が話していたのだ。零月は異国出身の花娼であった母と貴族の父の間に生まれたのだと。金の瞳はその母から受け継いだそうだ。

両親はどういうわけか零月だけを捨てて駆け落ちしたのだが、すぐに結婚に反対していた父方の家の者に見つかり、川に身投げしたのだとか。

幸いにも零月は手先が器用で、花娼に作った髪飾りが評判を呼び、花楽屋に残ることを許された。もしそれができなければ、人買いに売られるか路上に捨てられるかのどちらかだっただろう。

住む場所にも食べる物にも困らずに育ったかぐやは、壮絶な人生を送ってきた零月に比べれば恵まれているだろう。比べるのは零月に対して失礼だと思うが、自分がいかに多くを望んでいたのかに気づかされる。

「もし私たちが異国で兄妹で、またここで巡り会えたのなら素敵な話ですね」

「また姫は、私の喜ばせ方をよく知っておられる。可愛くて、つい姫との共通点を探したくなってしまいます」

大人の彼が口にする子供じみた理由に、ふふっと笑ってしまう。零月と話している間だけは、苦しかった時を忘れられる。改めて、彼の存在がどれほど大きいかを思い知る。

「忘れないでくださいね」

美しい細工を作り出す手が、壊れ物を扱うようにかぐやの髪を梳いた。

「私はどこにいても、姫の幸せを願っていますよ」

かぐやの部屋をあとにした零月は、そのまま屋敷の出口ではなく、嫗の部屋へ向かっていた。北の対にある一室に掛けられた御簾の前で立ち止まると、そこに正座をして声をかける。

「ありがとうございました、絹様」

「いいのよ、他ならぬお前の頼みだもの。それより、鍵を返してくれないの？」

甘ったるい声で自分を誘う嫗の影を御簾越しに冷めた目で見つつ、零月は足を踏み出す。御簾を持ち上げて中に入れば、すでに薄い白小袖姿で帳台に横たわっている嫗が手招きしていた。

「お前も律義ね、かぐや姫の本当の兄ではないというのに、傷の手当てしたさに私を拒まないのだから。それとも、お前もかぐや姫に懸想しているの？」

「もしそうだと言っても、あなたは私にかぐや姫を譲ってくださる気はないのでしょう？　ですから束の間の逢瀬を、こうしてあなたから買っているのです」

　零月は笑みを貼り付け、格子の戸の鍵を媼の手のひらに載せる。媼の腕が首に回り、零月は一瞬表情を消すも、すぐに笑みを取り繕った。

「絹様、お疲れのようですね。ほぐして差し上げますよ」

　零月はさりげなく首から媼の腕を外し、褥にうつ伏せになるよう促す。

　かぐやと会うのに情交を求められるようになったのは、零月が讃岐家に来てすぐのことだ。貴族の愛妾になる花娼が多いせいか、花楽屋が春を売る店だと勘違いしている下劣な輩がいて困る。そのたびにこうして按摩にすり替えては、やんわり躱してきた。

「わかるかい？　かぐや姫が縁談のことで少しごねてね」

　愚痴をこぼしながら、媼は言われた通りに褥に横になる。その背を冷ややかに見下ろし、淡々ともみほぐしていた零月は胸中で毒を吐く。

（汚らわしい。数多いる人間の中でも、この家の者たちの汚さは抜きん出ている。かぐや姫は、お前たちが飼い慣らせるような存在ではないというのに）

　軌道に乗る前は、この見目を使って仕事をとってくることもあった。讃岐家からの依頼も、その縁が結んだものだ。毎度のことながら面倒な時間でしかないが、なにを成し、なにを得るにも人間の欲に付け入るのが手っ取り早い。

　とはいえ、かぐやが黒鳶大将に嫁ぐとなれば、この応酬も長くは続かないだろう。かぐやのそばにいるための別の方法を考える必要がありそうだ。

耳障りな声を漏らす媼に眉間を寄せつつ、零月は今後の動きに思考を巡らせた。

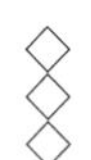

都の宮城にある帝や皇族の私的な在所である内巣に、帝が日常を過ごす『陽央殿』がある。帝が日中に出御する平敷の御座――『昼御座』の前に隆勝は座していた。

隆勝は礼冠を頭に被り、青みがかった長い黒髪を赤の組紐で後ろにひとつに束ねている。藍色の小袖の上から纏っているのは赤い襟紐がつき、背に金色の鳶――金鵄の紋が刺繍された黒袍だ。袖は鳶にちなみ、翼のような切り込みが幾重にも入っている。腰に巻いて白袴の前に垂らした平緒の色は階級ごとに分かれており、大将である隆勝は金色だ。この黒鳶装束一式を身に着けるのが隊の決まりなのだ。

「隆勝、黒鳶での活躍は聞いている。その調子で成果を上げよ」

御簾越しに対面しているのは、崩御した先帝の第一皇子であった天誠帝だ。御年三十七歳になる。

隆勝の異母兄にあたるが、帝の母は祇王家の出身。先帝が気まぐれに孕ませた端女の子である隆勝とは身位に雲泥の差がある。

だが帝は端女の子でなんの後ろ盾もなく、宮中で微妙な立場にいた自分に目をかけ、それどころか祇王姓を賜与し、黒鳶隊の官人に任命した。隆勝は臣下の籍に降りたとき、そうして居場所を与えてくれた帝を生涯をかけて守り支えると決めていた。

「はっ、ご期待に添えるよう邁進いたします」

隆勝は低頭する。

「うむ、期待している」

帝の返事から少しの間があった。怪訝に思い、隆勝が顔を上げると、帝はふうっと憂いを含んだため息をこぼし、脇息にもたれかかる。

「どうかされたのですか？」

「いやな、お前を後継にできたらどんなによいかと、改めて思ってな……」

その覇気のない声で思い至る。帝の悩みの種など、ひとりしかいない。

「鵜胡柴親王ですか」

帝はすぐに気づいた隆勝に、ふっと苦い笑みをこぼした。

「わかるか」

「はい。帝を悩ませるのは、大抵あの方ですから」

帝は「違いない」と、またも苦笑混じりに言う。

「もうひとりの弟の方も、お前のようにしっかりしていればな」

鵜胡柴親王は皇太弟で、隆勝の異母兄にあたる。

親王の母親も二大公家の蘇芳家出身で帝同様に高貴な身であり、崩御した先帝以上に血縁をなによりも重んじる。逆を言えば、貴族以外の人間は軽んじていた。

　当然、端女の子である隆勝も数え切れないほど嫌がらせを受けた。下男のように雑用を命じられ、茶を入れてくればまだ湯気立つそれをかけられ火傷を負ったこともあれば、池に突き飛ばされたり、食事に毒を盛られたり、武術の稽古では柄に肌がかぶれる葉汁を塗られ、しばらく木刀を握れなくされたこともあった。それゆえ生傷が絶えなかった。成長してからもそれは収まることなく、隆勝の悪評を流し、交流のある貴族と共に『卑しい血』だの『阿婆擦れの子』だのと謗り、汚物でも見るような目を向けてきた。そのたびに帝が隆勝の肩を持つことが、親王は面白くないのだろう。

「また、私を庇ったしわ寄せが主上にいってしまったのでは？」

　帝を煩わせてしまったのだとしたら、心苦しい。そんな隆勝の心情を察してか、帝はきっぱりと告げる。

「お前のせいではない。だいたいは鵺胡柴の一方的なやっかみだろう。お前は才知に溢れているからな」

　隆勝の気持ちを軽くするための言葉だとわかっている。だが帝のこういうところに、いつも救われてきた。

「とはいえ、お前にも関わることだ。実は鵺胡柴が、自分も妖影狩り部隊を作りたいと言い出してな」

「は……鵺胡柴親王が妖影狩りを？」

耳を疑った。皇太弟は帝に皇子が生まれなかったときのための後継者なのだ。最も危険な仕事である妖影狩りに名乗りを上げるなど、正気の沙汰とは思えない。考えられる動機はひとつだろう。

「血筋で劣っている私が、国の重要官職である黒鳶隊で功績をあげることをよく思っていないのですね」

「ああ、お前は理解が早い。ゆえに苦しみも多いだろう。先に言っておくが、気負うな。鵜胡柴はお前への劣等感を暴走させている。いつまでも子供のようで困る」

理解が早いのは帝の方だ。隆勝が口に出さずとも、こちらの心の機微を汲み取ってしまう。気苦労が絶えないはずだ。

「だが、現実問題として今は妖影の数が増え、それに比例するように黒鳶隊の隊員たちも命を落としている。過酷ゆえに志願者も少ない。鵜胡柴はその点を突き、再び説得に来るだろう」

志願者が現われても、黒鳶隊の隊員が育つまで妖影は待ってはくれない。新人もすぐに現場に送り込まれ、命に関わる怪我を負う者は多く、隆勝が大将となってから減ったものの、討ち死にする者も出る。それが黒鳶隊が過酷な職場と言われる所以でもある。入隊しても、その日のうちに辞めていく者がほとんどだ。

「加えて密かに大臣らに接触し、自分に同調するよう外堀を固めている。大臣らは一体でも多く妖影を排除できればそれでいいと思っているゆえ、止めはしないだろう」

鵜胡柴親王は悪計を巧むことにおいては、よく知恵が回る。その能力を帝のために役立てればいいものを……と思わずにはいられない。

「こういうわけだ。一度は無駄死にする人間を増やすわけにはいかないゆえ提案を突っぱねたが、次に進言されれば私は断ることができない」

事の次第を語り終えた帝は、疲れた様子で深く嘆息する。

「……隆勝、私は血筋で自分が帝になったこと、皇族として人格が伴っていない鵜胡柴を皇太弟にしなければならなかったことを憂えている」

「なにをおっしゃいます。主上ほどの国父はおりません」

「この地位に就いたからこそ、わかるのだ。今ここに座しているのがお前ならば、臣下も御しきれる。お前の努力を見てきたからこそ、民は心強く思うだろうとな」

帝が悲観的になっているのは珍しい。それほど憂いの種が大きいのだろう。

「私もずっと主上を見てまいりました」

「隆勝……」

帝が自分に信頼を寄せてくれるように、隆勝も帝を信頼している。それをわかってもらうべく、隆勝は言葉を紡ぐ。

「主上は血筋ではなく能力を重んじてくださる。下流貴族であろうと高官に就かせ、下級の兵に平民を雇用するなど、能力のある者を積極的に採用し、国政の風通しをよくしてくださいました。主上がこの世を変えてくださらなければ、私を含め多くの者が努力する機会すら与えられなかったでしょう」

帝は相槌も打たずに、隆勝の話に静かに耳を傾けている。

「私は町を駆け回っておりますので、革新的な政をされる主上が民や臣下に名君と称えられているのを知っております。妖影の脅威はあれど、主上に守られる民は幸せです」

だからこそ隆勝も知識を深め、剣術を磨いてきた。それが帝を支え、守るために必要だと思ったのだ。

（この方は絶対に死なせてはならないお人だから）

兄への情と知徳に優れた帝への忠誠心。それらすべてを隆勝は帝に捧げている。

だが、どんなに人徳があろうとも敵はいる。血筋が軽んじられるこの状況を親王がただ静観しているとは考え難い。

内巣の陽央殿後方には妻妾や女官が住まう『彩羽宮』があり、そこに祇王家出身の皇后と、それに次ぐ女御――第二夫人がいるが、どちらも授かったのは皇女だ。皇太弟は帝が男児を授かるまでの次期帝位継承者。帝に男児が生まれれば、継承権は帝の皇子に移る。つまり、その前に親王が帝を手にかける可能性も否めない。そういう人間なのだ。

「隆勝よ、その言葉でどれほど私が救われたかわかるか」

「救うなどとは恐れ多い。私は事実しか申しておりません」

自分への過大評価が過ぎる帝に思ったままを返せば、盛大に笑われた。

「やはり私は、お前を皇太弟にしたい。万が一に私が死したあと、国と子を任せられるのはお前しかおらぬ」

「縁起でもないことをおっしゃらないでください。私が主上を死なせたりはしません」

隆勝は腰に差した刀の柄頭を強く握り締める。

「わかっている。だが立場上、もしもの時のことを考えないわけにはいかぬのだ」

苦笑いした帝が御簾の向こうで姿勢を正すのがわかり、隆勝も背筋を伸ばした。

「私に皇子が生まれたあと、私が命を落とすようなことがあれば、お前が摂政として皇子を支えてくれ」

摂政は君主が幼少または病である等の理由で、執り行えない政を代わりにこなす官職だ。自分にそのような大役が務まるのかはわからないが、帝はその御身のみならず皇子の命も狙われる立場にある。尽きない帝の気がかりをひとつでもなくせるのなら、どんなことでもやり遂げる所存だ。

「承知いたしました。その〝もしも〟が起こった際はこの隆勝、すべてを賭して皇子をお守りいたします」

「お前なら、そう言ってくれると思っていた」

帝は胸を撫で下ろした様子で、声を明るくした。

「隆勝、新たに作られる妖影狩り部隊は鵜胡柴が主導する。権力だけは一端ゆえ、お前に害をなすこともあるだろう。だが、未だ血筋に囚われている卿廷で後ろ盾のないお前のすが出世するには、もはや栄誉を得る他ない。どんな障害が立ちはだかろうと、お前のすべきことはひとつだ」

「わかっております。主上が私を黒鳶隊に任命したのも、その足掛かりとするため」

「そうだ。妖影を滅し、多くの賞賛を手にするのだ。お前が皇太弟や摂政まで上り詰めるためにはそれしかない。私が目指すのはどんな生まれであろうと、能力ある者が正しく評価される世だ。お前がその象徴となれ」

隆勝が「はっ」と頭を垂れると、帝は御簾の向こうで嬉しそうに頷いた。

「して、隆勝よ。いつになったら、その堅苦しい呼び方を改めるのだ？　ふたりのときは誠兄上と呼んでくれと言っているだろう」

誠というのは帝の即位前の名だ。金鶏国では即位の際、建国帝の『天始帝』から『天』という文字をもらい、代々受け継ぐ。

「……政務中ですので」

「昔は『誠兄上、誠兄上』と私の後ろをついて回っていたというのに、寂しいではないか。いつからそのような堅物になったのか。私の可愛い弟宮は、光宮はどこへ行ってしまったのだ」

光宮は元服前の隆勝の呼び名だ。十二、三になると男子は髪を結い、冠をつけ、幼名を改める。この式をもって成人とみなされ、元服名を新たにつけられるのがしきたりなのだが……。

（兄上の中で、俺はいつまで経っても幼い光宮のままらしい）

「私はもう二十七ですよ、光宮はおやめください……誠兄上」

兄上と呼ぶことに若干の気恥ずかしさがある。それをごまかすように咳払いをして、

「そろそろ行きます」と腰を上げた。

「今度はどこへ行くのだ？」

帝の問いに、立ち上がりかけていた隆勝は座り直す。

「隠岐野の辺境です。竹林の奥深くに、妖しの姫と噂される娘が住んでいるらしく……」

「かぐや姫のことであろう。宮中も、かの姫の噂で持ち切りだからな。求婚した者も少なくないとか。大層な美姫と耳にしたのだが、よもや姫見たさにわざわざ辺境の地まで足を運ぶのではあるまいな？」

「兄上……」

茶々を入れたり、兄上と呼ばせたり、帝の振る舞いはときどき童のようになる。

「冗談だ、続けよ」

楽しげな帝にため息をつきつつ、こたびの遠征の目的を説明する。

「その姫は夜な夜なうつろな目で里を徘徊しているそうで、妖影憑きではないかと不安に思った里の者たちが隠岐野の邦司に嘆願し、黒鳶が調査に赴くことになったのです」

「黒鳶大将自らか？」

「はい。姫の育ての親の意向か、厄介なことに相応の身分がなければ文すら受け取らず、送り込んだ隊員も門前払いされています。それで私が赴くことに」

もろもろの事情から、地位と家柄が申し分ない隆勝が適任だったというだけなのだが、帝は案の定ひやかす。

「難攻不落の姫君ほど、落とし甲斐があるというもの。かの姫ならば、仕事人間の隆勝であっても女に興味が出るのではないか？」

「……兄上」

からかわないでください、と抗議を込めて呼べば、帝は肩を竦めた。

「兄としては心配なのだ。もうとっくに適齢を過ぎているであろう？」

「やらねばならぬことが山積みなのです。色恋にかまけている暇があるのなら、そのぶん妖影を狩ります」

帝の手足として、もっと功績をあげねばならないというのに、愛だの恋だのと現を抜かしている場合ではない。

「お前はぶれぬな。男の幸せは大義に生きるだけではないと思うが……ともかく、無事に戻ってきてくれ。お前には加護があるゆえ大丈夫だとは思うが」

加護、というのは隆勝が幼少時に『光宮』と呼ばれていた所以からきている。

先帝が気まぐれで抱いた端女の子は、本来であれば皇族の恥。生まれてすぐに殺されてもおかしくはなかったのだが、いざ手にかけられようとしたときのことだ。にわかには信じがたいが、光の矢が金の羽と共に天より降り、それを阻止したそうだ。

『この子は神光に守られている。妖影が蔓延るこの世を憂えた神が遣わしたのであろう』

先帝がそう言って隆勝を生かしたのには理由がある。伝承の域を出ない話ではあるが、建国帝の『天始帝』がこの地を奪わんと襲ってきた妖影の大軍との戦で、苦境に立たされていたときのことだ。黄金の鳶が天始帝の弓に止まり、その身から発する光で妖影たちの目を眩ませた。反撃の機を作り、勝利に導いたことから、天始帝は黄金の鳶を意味する金鶏を国名にも冠し、象徴としたのだと言い伝えがあるのだ。

こうして霊鳥を連想させる金の鳥は、吉事や勝利の象徴として尊まれるようになった。先帝が隆勝を殺せなかったのは、金の羽と共に降ってきた光の矢が伝承を彷彿させたからだ。

しかし、それから数年が経ち、三つになったばかりで年端もいかない隆勝の立場は再び危うくなっていた。神の光に守られているというだけで生かされたが、その逸話も時と共に皆の記憶から薄れ始めていたのだ。

また、金の鳥は縁起がいい霊鳥ではあるが、戦や変革といった国の変化を想像させる。変化を恐れる者たちからの、凶兆なのではと忌み嫌う声も増えていた。

神光の加護を持つ光宮は妖影から自分たちを救ってくれる存在だと縋るように妄信したかと思えば、天候が荒れただけで世の中の凶兆のすべてを隆勝のせいにしてくる者もおり、人間というのはつくづく自分勝手な生き物である。

神光の加護を失ったとなれば、なんの後ろ盾もない隆勝に残るのは端女の子という汚点だけ。宮中で価値を失った皇子など、いつ殺されてもおかしくはない。卑しい子とはいえ、帝位継承権を持つ可能性がないわけではない。自分を邪魔に思う者は大勢いる。そんな二度目の窮地に立たされていた隆勝を救ったのは、またも光の矢であった。

　元服したての帝と山野へ紅葉狩りに行った際、乗っていた牛車が妖影に囲まれた。護衛についた黒鳶隊の隊員たちは全滅し、隆勝を庇うように刀を構えた帝。絶体絶命の状況であった隆勝たちに一斉に襲いかかる妖影を、あの矢が天から飛んでくるやすべて滅し、事なきを得たのだ。

『父上、光宮は妖影から民を守るべくして生まれたのです。黒鳶に入れてみてはどうでしょう』

　神光に守られた皇子。その逸話が本物であると再び証明されたこともあり、帝はすぐに隆勝の処遇に悩んでいた先帝に掛け合った。それでも渋る先帝に帝は言ったそうだ。

『もし、継承者争いを案じているのであれば、光宮を臣下の籍に降ろせばよいのでは？』

　こうして隆勝はのちに祇王の氏を賜り、黒鳶隊に入った。帝の口添えがなければ今頃、隆勝は一介の武官程度に収まっていたか、秘密裏に暗殺されていただろう。

「遠征から戻りましたら、また顔を出します」

　隆勝は今度こそ立ち上がり、一礼をする。

「ああ、かぐや姫を妻にした。そんな朗報を楽しみにしている」

　踵を返した足が滑りそうになった。僅かに体勢を崩した隆勝に、帝がくすくすと笑う。

　隆勝は苦い顔で咳払いをして、「失礼します」と昼御座の前から下がった。

帝にからかい倒され、若干の疲労を感じつつ簀子を歩いていると、前から帝の悩みの種がやってくる。

琥珀がかった細い目に、下ろした朽葉色の長髪。頭には礼冠をかぶり、茶袍と白袴を身に着け、扇で口元を隠している。この男こそ五つ年上の異母兄であり、帝を狙う要注意人物、鵜胡柴親王だ。

親王は隆勝の存在に気づくや扇を閉じ、嘲笑を浮かべた。

「穢れた血が神聖な陽央殿に足を踏み入れるとは、まったく嘆かわしい。端女の子、隆勝。いや……〝鬼大将〟と呼ぶべきか」

親王は口端に皮肉な笑みを浮かべ、隆勝の反応を楽しげに観察している。

鬼大将というのは七年前の日蝕大禍の折、隆勝が背負うことになった罪の称呼のようなものだ。幼き頃に授かった神聖な幼名――光宮とは正反対の畏怖の権化ともいえる異名であえて隆勝を呼ぶ親王は、昔から変わらず性根が腐っている。

「……鵜胡柴親王、ご無沙汰しております」

隆勝は軽く頭を下げた。隆勝の傷を抉り、動揺させたいという鵜胡柴親王の魂胆は見え見えだ。ゆえに淡々と返せば、親王は面白くなさそうにふんっと鼻を鳴らす。

「卑しい端女の子であるお前が生かされたのは妖影を狩るためだというのに、神の加護を受けている割には妖影の数は減っていないようだ。黒鳶だけでは、妖影の勢いを止められないのではないか？」

顔を合わせるたび嚙みついてくる親王のように、他者を貶すことでしか己の権威を示せない輩は、反応すればするほど調子に乗るだけだ。ゆえに隆勝は黙って喋らせておく。

「黒鳶だけに任せるのは心もとないゆえ、近々、私も妖影狩り部隊を作ることにした。今日はそれを主上に進言するため、ここへ参ったのだ。名は『赤鳶』、黒鳶よりも妖影を狩ってみせよう」

〝黒鳶よりも〟妖影を狩る、か。張り合ってどうする。妖影を狩るのは民のためだろう。隆勝に黒鳶隊で功績をあげさせないための新部隊まで作るとは、親王は一体なにと戦っているのか。そもそも、親王の仕事は帝の補佐だ。それらの役目を果たしながらできるほど、妖影狩りは簡単ではない。まともに刀を振るったこともないだろうに、妖影狩りを鷹狩りかなにかと勘違いされては困る。武人に必要なのは高貴な血統ではなく、太刀を手にとる責任と命を懸ける覚悟を備えていることだというのに。

「お力添え感謝いたします。共に〝国〟のため、〝主上〟のため、手を取り合いましょう」

隆勝は頭を下げつつも言葉の端々で牽制しておく。

「はっ、心にもないことを」

親王は吐き捨てるように言い、閉じた扇で隆勝の顎を上げさせた。

「お前は帝に忠実な犬だな。忘れるな、私は次期帝だ。いずれ〝お前の飼い主〟になる。童の頃のように、主人を立て従っておくのが利口というもの」

蔑笑を浮かべ隆勝を見下ろす親王。これにはさすがの隆勝も黙っていられなかった。扇を持つ親王の手を押しやり、鋭い眼光で親王を射貫く。

「私の主は帝と、これからお生まれになる〝次期帝〟の皇子だけです」

ぴくりと親王の頬が引きつるのを見た隆勝は、口端に冷たく酷薄な笑みを滲ませた。

「犬は犬でも、私は鬼の皮を被った犬。主に歯向かう刺客には、身内であろうと友であろうと、一切の情もなく刃を突き立てますので悪しからず」

「ふんっ、相も変わらずいけ好かない犬め。退け！　お前といると血の匂いが不快でたまらん！」

鬼大将の噂は単なる飾りや見掛け倒しではない。それを知っている親王は動揺しながらも悪態の置き土産を忘れず、隆勝にわざとぶつかりながら去っていく。

隆勝は後ろを振り返り、帝の元へと向かう親王の背を冷ややかに見送った。

あの男は、なんとしても皇太弟の座から引きずり下ろさねばならない。間違いなく帝の障害になる。いざとなれば、この手で――。

隆勝は手のひらに視線を落とす。そこにこびりつく血が見えた気がして、深く息を吐きながら瞼を閉じた。

（犠牲を払わねば、得られぬものもある）

目を開き、前に向き直った隆勝は強い足取りで歩き出した。

「大将殿、そのような鬼の形相で馬を走らせていては里の人たちを怖がらせてしまいますよ」

船で隠岐野の島へ渡り、かぐや姫がいるという里へ向かっている道中のこと。日が沈みかけた森を進んでいると、隣で馬を走らせていた男が呆れ気味に笑う。

笹野江海祢、大将である隆勝の補佐を担う黒鳶中将だ。歳は二十五である。

襟足の長い楊梅色の髪、柔和な藤色の垂れ目、中性的な顔立ち。藤色の小袖の上から黒鳶装束を纏っており、黒袍の平緒は中将の証である銀色。細身だが、ひとたび太刀を振るえば自分よりひと回りもふた回りも大きな妖影を薙ぎ払える武人だ。

海祢は「……はあ」と、わざとらしく息をつく。

「隆勝の眉間のしわの原因は、鵜胡柴親王が妖影狩りに首を突っ込むのが原因ですか？それとも、帝に嫁でも作れとせっつかれましたか？」

「……まるで見てきたみたいに言うのだな、お前は」

「俺の目となり耳となってくれる、親切な方々が多くて助かります」

ふふっと笑った海祢は、ふと遠い目をする。

「太刀の腕前だけでは上にいけませんからね。この情報網こそが、刀にも匹敵する俺の武器だってこと、大将殿がよくご存じでしょう？」

よく知っている。海祢の生家である笹野江家は中流貴族だ。本来であれば出世は望めない。隆勝が少将として黒鳶隊に配属されたときも、海祢は下級隊員止まりであった。

帝の改革あって、今では平民にも黒鳶隊の下級隊員であれば門が開かれている他、中流、下流貴族にもそれなりの地位が認められているが――。

「俺たちが黒鳶隊に入ったばかりの頃は、高官職であるがゆえに下級隊員ですら貴族であることが必須条件だったからな」

「ええ、懐かしいですね。笑い話にもならない思い出です。上官はまともに戦えない二大公家の者が占めていましたし、無能な大将の下で働いていた頃は命がいくつあっても足りない状態でしたよ」

ゆえにこの男は持ち前の物腰の柔らかさで相手を油断させ、巧みな話術で情報を引き出しては上流貴族の弱みを握り、人心を操り取り入ることで中将まで上り詰めた。

「今は有能な大将がいる。隆勝でなければ、黒鳶隊は今頃なくなっていたでしょうね。隊員の全滅という形で」

「有能な補佐官がいてこそだ。俺ひとりの力ではない」

隊を変えようとする隆勝を支えるためだけに這い上がってきた海袮がいなければ、黒鳶は守れなかった。この男以上に信を置ける相棒はいないと断言できる。

「有能すぎて、敵に回すと恐ろしいがな」

「ふふ、俺たちが敵対することなんてないでしょう。むしろ共通の敵を倒したくてたまらない同志ではありませんか」

海袮の冷たい刃物を思わせるうすら笑いに、辺りの空気も冷えた気がした。

「鵜胡柴親王の動向は、誰よりなにより注意深く見張っていますので、失脚させられそうな情報が入り次第、早馬で知らせましょう」

わずかに海祢の声が低くなった。海祢は本心を笑顔の裏に隠すのが巧みだ。隆勝以外にはわからないほどの変化だが、鵜胡柴親王の話題が出るときはそれが顕著になる。

「……御息所のお加減はどうだ」

御息所――鵜胡柴親王の妃は海祢の三つ上の実姉だ。

中流貴族の笹野江の出である御息所は、宮中でも教養が高いことで有名であった。噂を聞きつけた先帝は、御息所を皇室に迎えれば過去に自分が端女と起こした不祥事で下がっていた卵廷内での皇族の支持を回復できるのではないかと考えたのだろう。身分は劣るものの親王に正妻にするよう言いつけたことで決まった結婚だそうだが、血族主義のあの男が中流貴族の御息所を愛するわけもない。夫から虐げられている御息所は体調を崩しており、結婚して十年が経つが懐妊の兆しもない。

「相変わらず、『紫羽殿』の北の対に籠っていますよ」

『紫羽殿』は内巣の陽央殿後方の西にある鵜胡柴親王の住居だ。その正殿の北に建てられた対の屋は北の対と呼ばれ、正妻が住むのが通例である。

「本当に、あんな男に嫁いだ姉が気の毒でなりません。ですが、皮肉なものですね。俺はそのおかげで後ろ盾を得て、黒鳶に入れたのですから」

海祢の滅多に崩れない笑みに影が落ちている。姉を虐げる親王が許せないのは当然だ。

当時は高官職の黒鳶隊に入るだけでも狭き門だった。中流貴族の海祢が入れたのは、姉が親王に嫁ぎ、皇族との繋がりを得たからだ。そのことで、海祢が姉に後ろめたさを感じているのは知っていた。

「ならば俺と共に黒鳶で功績を残し、たとえ皇族の後ろ盾を失ったとしても、その地位が揺らがないようにしろ。それで御息所を迎えに行け」

海祢は一瞬、呆気にとられたような顔をしたあと、小さく吹き出した。

「まったく、我らが大将殿はどうしてそう力技なんです？」

海祢の表情は少し晴れたようだった。

皆、半分だけ皇族の血を引いている隆勝に対し、形だけでも敬うか、はっきりと冷遇するかのどちらかだった。だが、海祢は隆勝に対しても容赦なく物を申す。歳も近く、数々の死線を共にくぐり抜けた相棒ゆえの気心の知れた関係。海祢を含め、志を共にしている黒鳶隊の結束力は誇らしいほどに高い。

「見て見て！　あのお着物、黒鳶の方々よ！」

「まあ、こんな田舎までいらっしゃることがあるのねえ」

甲高い声が聞こえてきたかと思えば、道の先に里の女たちが四、五人立っている。

黒鳶装束と帯剣している太刀があれば、ひと目で隆勝たちが黒鳶隊の武官であるとわかる。ああして羨望の目で見る者は、主に海祢の華やかさに当てられた女たちがほとんどだが、真逆の反応を向けてくる者も少なくない。

「でも、黒鳶がここへ来るってことは、妖影が里にも現われたってことなんじゃ……」

黒鳶が赴く場所に妖影あり。たった今不安をこぼした者のように、黒鳶隊の来訪に怯える者もいる。

海祢と視線を交わし、女たちのそばで馬を止めた。すると海祢は甘く笑み、女たちに声をかける。

「こんにちは、姫様方。俺は黒鳶中将の笹野江海祢です。ここでなにをされているのですか？」

華やかさを全開にした海祢に、女たちは「姫様方ですって」「山菜を取りに来たんです」と頬を染めながら、きゃあきゃあと騒いでいた。

「そうでしたか、日ももうじき沈みます。夜は妖影が活発になりますから、長居してはいけませんよ。よろしければ、里まで送りましょう。美しい姫様方が食べられてしまわないように」

海祢が片目を瞑るだけで、再び歓声があがる。海祢の一挙手一投足に、不安をこぼしていた女でさえ目が釘付けになっていた。

情報を聞き出すためとはいえ、どうしてこうもすらすらと口説き文句が出てくるのか。見事術中にはまった女たちは「笹野江中将と帰れるだなんて幸せ……」と、熱に浮かされたような表情をしている。妖影を狩る黒鳶隊は民から恐れられることもしばしばあるが、今回のように海祢の対人能力で何度も難を乗り越えられた。特に聞き込みが必要な調査では、必ず連れていくようにしている。

「道すがら、少しお話を聞かせてもらってもよろしいでしょうか？」

女たちの歩く速さに合わせ、ゆっくりと馬を進ませながら、海祢は本題に入る。

「この先にある里に、かぐや姫という娘が住んでいるとか」

それを聞いた里の女たちは、途端に残念そうに肩を落とした。

「笹野江中将も、かぐや姫に会いにここへ？」

「俺も、ということは他にもいるのですか？　かぐや姫に会いに来る者が」

すると、別の女が「ええ」と頷く。

「かぐや姫は輝くばかりに美しいそうで、その噂を聞きつけた貴族の方々がそれはもうひっきりなしに」

「あなた方は、かぐや姫に会ったことはないのですか？」

女たちは「まさか！」と声を揃えて、勢いよく首を横に振った。

「かぐや姫は妖影を探して、夜な夜な里を彷徨い歩くって聞くし……」

「絶対、妖影憑きに違いないもの！　目が合ったりしたら食べられてしまうかもしれないし、会うなんて恐ろしくて恐ろしくて……っ」

女たちは「ねえ？」と顔を見合わせる。

「その話、詳しく聞かせろ」

隆勝が間に割り込むと、ひいっと悲鳴があがった。海祢がやれやれという顔をする。

（……ただ、話しかけただけではないか。愛想のなさは生まれつきだ。今さらどうできるものでもない）

海祢曰く、まず目つきが厳ついらしい。鬼相の風貌に加え、大柄な体軀がどうも威圧感を与えているようだ。

「隆勝……見た目は変えられないから仕方ないとして、その誰にでも下役に接するみたいな話し方をするのはいかがなものかと。簡潔すぎる言葉遣いは改めるべきです」

「善処する」

「それです、『善処する』。直っていませんよ？」

ちっとも似ていない隆勝の真似をしつつ、苦笑した海祢は女たちに向き直る。

「申し訳ありませんが、話の続きを聞かせていただいても？」

海祢に優しく促され、女たちはあからさまにほっとした様子を見せた。隆勝のほうをちらちらと窺いつつも、素直に話し出す。

「里を徘徊してたかぐや姫の目はどこか虚ろで……そうそう、髪！　髪が金色に光ってたそうなんです」

「私はかぐや姫が妖しの力を使えるって聞いたわ」

「光る弓のことよね。それで妖影を射貫いて、食べてたって私は聞いたわ」

隆勝も海祢も、妖影を倒して食べていたという言葉に衝撃を受けていた。だが、噂に尾ひれがついただけの可能性もある。鵜呑みにするのは、いささか早計だ。

「だから皆、妖影憑きなんじゃないかって」

里に着くまでの間、女たちはかぐや姫にまつわる噂の数々を語った。

実親はかぐや姫を産んですぐに捨て、そのまま姿を消したそうだ。赤子のかぐや姫を引き取って育てたのは母方の翁夫婦なのだが、孫の彼女が現れるまで、彼らに子がいたことすら里の者たちには寝耳に水だったようだ。翁夫婦はずっとここで暮らしているが、里の者は子供の姿を一度も見たことがないそうだ。

それだけではない。孫である赤子の泣き声が家から聞こえたかと思えば、三月も経たないうちに大きくなったかぐや姫が現われたとか。

里の者たちは『かぐや姫は妖影憑きが産んだ子なのではないか』『それを育てた翁たちも妖影憑きなのではないか』と疑っているようだ。信憑性は定かではないが、大きな収穫にはなった。

「ありがとうございました、姫様方」

里に着き、海祢はそれぞれの家に帰っていく女たちに手を振る。

日は沈み、辺りはすっかり暗くなっていた。里の奥、讃岐家がある竹林に入ると、生い茂っているせいか闇がいっそう深く感じられる。風が吹くたび、ざわざわと竹の葉が囁いて不気味だ。さながら幽冥界にでも迷い込んだかのようである。

松明の明かりを頼りに進みながら、海祢が意味深に隆勝へ視線を流した。

「話を聞くと、ますます不思議な姫ですね。多くの男たちの心を射止めながら、妖影憑き、と恐れられてもいる。誰かさんを思い出してしまいますね」

　隆勝は無言で、じとりと海祢を見返した。

「だって似ているとは思いませんか？　英雄と尊敬される一方で、鬼大将と畏怖されてもいる隆勝に」

「人の数だけ、見方も変わるものだからな」

　どれだけ情報を集めようと、己の目で確かめないことには、かぐや姫がどういう娘なのかはわからないということか。

「先ほどの姫様方の話が本当なのだとしたら、かぐや姫は赤子からすぐに大きくなったとか。妖影憑きの子と言われても、おかしくはありませんね」

「妖影憑きが子を生す事例など聞いたことがない。妖影が人間の赤子に憑き、成長速度が上がったのか……」

「ならば、かぐや姫を育てた翁たちがそれを知らないわけがないですよね。彼らも妖影憑きなら、その場で俺たちを襲ってくるか、まだその肉体が必要であれば正体を問い質しても言い逃れするでしょう」

　妖影は人間に取り憑くと、その肉体を操り、さらには本来の化け物の姿で実体化できる。

　妖影憑きかどうかを見極めるには目を見る。妖影の目は金色で、人間に憑いていても餌を前にして興奮した際などに金色に光る。それが確認できない場合は、言い逃れされないよう妖影が憑くところ、もしくは実体化するところを運よく目撃するしかない。

「姿が変わるだけでなく、里を徘徊し、弓で妖影を討っているというのも気になるな」

「ええ、徘徊の際に虚ろな目をしていたとのことでしたので、妖影に操られての行動だった可能性はありますね。ですがそうなると、妖影を狩る妖影憑きということになってしまいますが……」

そこでふと、隆勝は閃く。

「地方に配備している黒鳶隊からの報告では、隠岐野のこの里では妖影の被害が少ない。それは、かぐや姫が討っているからとは考えられないか」

「美しい上に弓の名手ですか。ぜひとも黒鳶隊に推薦したいですね」

からかう海祢を一瞥して黙らせる。海祢はそれを物ともせず、肩を竦めるだけだった。

「先ほどの姫君たちは、かぐや姫が徘徊しながら人を殺めたとは言っていませんでした。妖影が減ったことで、むしろ人への被害は減っています。ですが、妖影を狩る目的がわかりません」

「噂では妖影を食べているらしいが、人づてに聞いた話では信憑性はない」

「人間はついつい、話を誇張したがる生き物ですからね」

「今のところ、敵か味方か判断がつかんな。状況が把握できない以上、これから向かう讃岐家は妖影の巣窟かもしれん。そこに俺たちだけで突入するのだ、心してかかるぞ」

妖影に長く憑かれれば、自我を喰い潰される。妖影そのものに成り果てると言ってもいい。もしかぐや姫が赤子の頃から妖影憑きならば、骨の髄まで妖影となっているはずだ。娘だけでなく翁らも同様にだ。

「承知しました、我らが黒鳶大将殿」

いっそう気を引き締め、ようやく讃岐家に着くと、海祢と共に馬を下りる。

門の左右にある篝火台が竹塀に囲まれた壮観な屋敷を照らしている。

「平民の翁方が建てられるような屋敷ではないですね。確か、かぐや姫をお嫁さんにするには高価な貢ぎ物が必要とか」

屋敷を見上げながら、知らず知らずのうちに眉間に力がこもる。そんな隆勝の顔を見た海祢の笑みも苦々しいものになる。

「かぐや姫が美貌を武器にして、おいしい思いをしているのだとしたら悲しいことですね。翁たちも今は竹取の仕事をしていないようですので、事実なら味をしめているのでしょう」

かぐや姫は十六の娘だと聞いている。翁たちが男を手玉に取って金を得るような教育をしているのだとしたら、許せないことだ。

「隆勝、その仏頂面はなんとかしていただけますか？　下手すれば、かぐや姫とひと言も話せないまま門前払いですよ？」

「……善処する」

「はい、お願いしますね」

雑談はそこまでにして、「行くぞ」と足を踏み出すと、海祢もあとをついてくる。

「失礼、黒鳶の者ですが」

海祢が声をかければ、目の前の門が軋んだ音を立てて開いた。いつでも太刀を抜けるよう身構えるが、隆勝たちを出迎えたのは穏やかな笑みを湛えた老夫婦だった。

「これはこれは」

翁がごまをするように手を揉む。

「遠路はるばる、お疲れでしょう。ささ、中へどうぞ」

媼が横に捌け、あっさり隆勝たちを屋敷の中へと通した。前を歩く翁について階を上り、簀子を歩いていると、後ろにいる媼に見られているのを感じる。海祢と視線を交わした隆勝は振り返った。案の定、媼と目が合う。それを好機とばかりに媼が口を開いた。

「あなたが、あの祇王家の隆勝様ですね」

「いかにも」

媼は平緒の色で、隆勝が黒鳶大将だとわかったのだろう。それにしてもこの媼、先ほどから海祢を視界に入れようともしない。

(気に入らんな。俺の身分にしか興味がないようだ)

「文を頂いてから、かぐや姫も今日をそれはもう楽しみにしていたのですよ」

隆勝は眉を顰める。これは、かぐや姫が妖影憑きであるか否かを確かめるための訪問だ。正直にそれを伝えるわけにもいかず、文には会いたい旨だけを書いた。興味が湧くような内容はなかったはずだが。黒鳶の仕事を考えれば、妖影憑きの嫌疑をかけられたのではないかと、むしろ黒鳶大将の来訪に怯えるところだろう。

怪訝に思いながら、促されるままに居間へと入る。勧められた円座に腰を下ろせば、媼は軽く会釈をして部屋を出ていき、翁が向かいに座った。

「かぐや姫に会いたがる殿方は、たくさんおりましてね。皆、かぐや姫の心を躍らせるような贈り物をお持ちになられて、何度も何度も足を運んでやっと声を聞くことが叶うのです」

どうやら翁たちは、隆勝がかぐや姫に縁談を申し込みに来たと勘違いしているらしい。訂正するべきかどうか考えあぐねていると、海祢が目配せしてくる。なにやら考えがあるようだ。ここは海祢に任せ、口を挟まずに様子を見るのが最善だろう。

「隆勝様と会えるのを楽しみにしているとはいえ、娘の心はうつろいやすいものでございます。誠意を尽くさねば、かぐや姫の気も変わってしまうかもしれません」

またも両手を揉み合わせる翁には呆れ返る。誠意の証明が高価な貢ぎ物とは意地汚い。それを寄越さねば、かぐや姫は今夜の逢瀬を拒絶するぞ、と暗に脅しているのだ。

「申し訳ありません。本日、私共は贈り物を持ってきてはいないのです」

海祢が肩を竦めると、そこへ媼が茶の載った盆を手にやってきた。だが、明らかに気分を害しているような顔で、湯呑を差し出してくる。

「それですと、かぐや姫はお会いしないかもしれませんね。私共も、なんとか会わせて差し上げたいのですが、足繁くかぐや姫のもとへ通われる他の殿方のことを考えますと、公家の方だけを優遇するわけにはいかないのです」

媼は手ぶらで訪問してきたのが不服だったらしい。この反応を見るに、貢ぎ物を望んでいるのはかぐや姫本人ではなく翁たちのようだ。ふたりが娘を使い、金品を貴族から巻き上げているのだろう。

今のところ隆勝たちを追い返す流れができているが、海祢にかかれば事はうまく運ぶ。隆勝は特に焦ることなく、海祢の出方を見守るだけだ。

「ごもっともですね。ですが媼、かぐや姫のお眼鏡に適うものを持ってきた者は現われたのですか？」

「それは……まだですが……」

そうだろうな、と目の前で交わされる茶番のようなやりとりに呆れた。

そもそもお眼鏡に適うものなどないのだ。できるだけ長く貢がせるのが目的だということは、目を泳がせる翁らを見れば一目瞭然だ。

「姫の求める贈り物が未だに出てこないのは、贈り主が姫のことを知らないからです。我らが大将はまず、姫の好きな色や物がなんなのか、直接お会いして見極めるべきと考え、ここへ参ったのですよ」

海祢の視線を受けた隆勝は頷いてみせ、話に乗っかる。

「いかにも。相手を知らずして陥落はできぬゆえ、まずは敵情視察に参った」

その返答に翁と媼は目を丸くし、海祢は額に手を当てていた。

どうやらまた、やらかしてしまったらしい。どうも、この手の話題は苦手だ。

さすがにいたたまれなくなっていると、媼は予想外にも可笑しそうに笑った。

「さすがは黒鳶の大将、かぐや姫も攻め落とす勢いで参られたのですね。そういうことでしたら、特別におふたりの仲をとりなしましょう。ねえ、おじいさん」

「お、おおっ、そうだな。では、さっそくご案内を……」

すっかり機嫌をよくした媼の様子に、翁も腰を上げた。そのとき、海祢が「お待ちください」とふたりを止める。

「大将はこの通り色事には不器用でして、周りに目があると姫の前でありのままの姿を見せられず、姫のお心を射止められないまま泣く泣く都に帰ることになるかもしれません。どうでしょう、まずは姫と大将だけで話をさせてみては」

色事には不器用……事実ではあるが、ひとこと言ってやりたい気になるのはなぜなのか。釈然としないが、ここはぐっと堪える。

翁と媼は考えるように顔を見合わせ、やがて首を縦に振った。

「それもそうですな」

「黒鳶の方でしたら、ふたりで会わせても問題ないでしょう。姫は東の対におります」

海祢の口車にまんまと乗せられた翁たちの許可も下り、隆勝は腰を上げる。

「感謝する」

一礼して、この場を海祢に任せた隆勝は、ひとりでかぐや姫の部屋を目指した。

東の対に続く渡殿を歩いていると、ふいに人の気配がした。すぐに足を止め、腰の太刀に手をかけつつ庭に目を向けると——。

「……！」

降り注ぐ淡い月光の中で、娘がひとり佇んでいた。清らかな空気に包まれた娘の姿を見た途端、胸が小さく音を立てる。

春の夜風が竹の葉と少女の艶やかな長い黒髪をさらさらと揺らしていた。その身は華奢で小さく、光の衣を纏っているかのように輪郭が朧げに見える。

引き寄せられるように、渡殿を抜けて階を使い、庭に降りた。目の前の美しい鳥が飛び立ってしまわぬように、極力音を立てずに近づく。

すると、月を見上げる少女の横顔が見えた。肌は透き通るように白く、切り揃えられた前髪の下にある瞳は——金色。

「！」

(妖影憑き……なのか？)

警戒すべきだ。だというのに動けない。

月を見上げる少女の眼差しがこちらの胸を締めつけるほどに切なげで、瞬きをしたら消えてしまいそうなほどに儚く、一時も目を離せない。

そして、それは不意に起きた。娘の瞳から透明な雫がこぼれ、つうっと光の筋のように頰を滑っていく。その様を息も忘れて見入っていた。

(——美しい)

なにかに強く心奪われたのは、初めてのことだった。これも妖影の力だろうか。万が一に魅了されてしまったのだとしたら、こんなもの——抗いようがない。

なぜ、泣いている。知りたい、その理由を。そして願わくば……。

気づけば衝動に突き動かされるままに、娘に向かって足を踏み出していた。

願わくば、その涙を自分が拭ってやりたい、と。

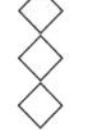

ついに黒鳶大将が訪ねてくる日が来てしまった。ここぞというときのために媼が誂えた幾重にも衣を重ねた着物は夜の冷たい空気を吸って、いっそう重たく感じられる。
こうして檻の外に出たのはいつぶりだろう。あの格子のついた帳台を他人に見られるわけにはいかないので、媼は別室で待機するようかぐやに命じたのだが、御簾の向こうに見えた月があまりにも綺麗で、つい庭に出てきてしまった。
見つかったら咎められるだろう。でも、今日だけは許してほしかった。死ぬ自由もない身だけれど、もし黒鳶大将が自分を討つためにここへ来るのだとしたら、かぐやはこの苦界から解放される。今生であの光を見られるのはこれが最後かもしれないのだ。

（ああ、綺麗。でも、なぜなの。とても、悲しい……）

物心ついた頃から月を見上げると、わけもわからず涙が流れた。どうしようもなくやるせない気持ちになった。この世にこんな苦しみがあるのかと、そう思うほどに悲しくて悲しくてたまらなくなった。

（その理由を知ることなく、私は死ぬのかもしれないのね……）

ならばせめて目に焼きつけておこうと、月を見つめていたときだった。

「なぜ泣いている」

「……！」

背後から聞こえた声に、かぐやは勢いよく振り返る。

そこには凜々しい顔立ちの男がいた。物語に出てきそうな月の精、もしくは神なのではないかと錯覚してしまうほどの存在感。

笑えば女性が放ってはおかない男前だというのに、無愛想な藍色の切れ長の目や真一文字に引き結ばれた唇、大柄な体躯も相まって人を寄せつけない圧がある。

かぐやはしばし、男に目を奪われていた。

だがやがて、その出で立ちが金の平緒をつけた黒鳶装束であるのに気づく。彼こそが黒鳶大将の祇王隆勝であるのは一目瞭然だった。

早く挨拶を――いえ、その前に顔を隠さないと。自分は平民だが、高貴な女性はむやみに顔を晒さないのが嗜みだと、嫗にきつく教えられている。

けれど、そのどちらもできなかった。言葉にできない感情が、彼を目にした瞬間から怒濤のように溢れてきたからだ。

『——お願い。あの子を守って』

頭の中で誰かの声がした。月を見上げたときと同じように、胸が切なさで押し潰されそうになり、涙が再び頰を伝う。

「また……お前はなぜ泣く」

隆勝の顔に困惑が浮かんでいる。

月を見て悲しくなるのはいつものこと。ならば、彼を見て涙が流れるのはなぜ——？

「わかり……ません。その理由をずっと、探しているのですが……」

力なく首を左右に振れば、隆勝は小さくため息をつき、やがて真顔でずかずかと歩いてきた。

「っ……」

武人特有の威圧感に思わず後ずさるが、隆勝の一歩は大きく、あっという間に距離を詰められてしまう。

「…………」

目の前に立った彼は背も高く、無言で見下ろされると、自分が蟻にでもなってしまったかのように萎縮してしまう。

かぐやが目を伏せれば、隆勝が手を伸ばしてくる。脳裏に折檻の場面が蘇り、びくりとするかぐやに、隆勝の表情は険しくなった。

「そんなに怯えるな」

「っ、ご無礼をお許しくださいませ。おっしゃる通りにいたします」

俯いたまま謝罪すると、隆勝は厳しい面持ちのまま伸ばしていた手を引っ込めた。

（いけない、私ったら叩かれると思い込んで、失礼な態度を……）

翁と媼を除き、屋敷に来る者といえば零月だけだ。外の者と顔を合わせたのはあまりに久しく、気づかなかった。自分が思っている以上に、受けた折檻の恐怖がこの身に刻み込まれていたことに。

「お前がかぐや姫か」

隆勝は淡々と問いかけてくる。

「は、はい……」

懲りずに怖がるかぐやに、隆勝は面倒になったのだろう。憮然とした面持ちで咎めもしない。

「俺は黒鳶大将の祇王隆勝だ。こたびここへ参ったのは、この里の者たちからの証言で妖影憑きの疑いがある娘を調べるためだ」

どきりとした。やはり、縁談のための来訪ではなかった。里の皆が自分を恐れているのは知っていたけれど、黒鳶に助けを求めるほどだったなんて……。

自分を必要としている人はどこにもいないのだと、改めて現実を突きつけられ、心が擦り切れそうだった。

「妖影憑きは獲物を前にしたときや興奮した際に、目の色が変わる。お前の瞳のように、金色にな」

死刑宣告を受ける罪人になったかのような気持ちで、かぐやは俯き、隆勝の言葉を聞いていた。

「その上で聞く。お前は人か？　妖影か？」

（自分が何者かなんて、私自身が一番知りたい）

変わる髪色、妖影を倒せる力、そのどれもが自分が普通でないことを示している。

もしかぐやが妖影憑きならば、翁たちに恩を返せなくとも、消えることを許されるのだろうか。黒鳶大将が自分を悪と言ってくれたなら、翁たちがなんと言おうと、この苦しみから逃れられるのに。誰かに必要とされたくて、愛されたくて、与えられた籠の中で人形のように望まれるままに鳴き、求められるままに翼を広げてみせる。そうやって心と身体の自由をじわじわと失っていく苦しみから。

かぐやは、ぎゅっと胸の前で両手を握りしめる。

「もし私が……人で、なかったら……」

その返答次第で、自分の運命が決まるのだと思うと声が震えた。

「隆勝様は、私を……殺して、くださいますか？」

（この苦しみしかない人生を終わらせてくださいますか？）

かぐやの言葉を聞いた隆勝が目を見張ったときだった。

ひゅ〜ひゅるりら、ひゅるりら〜と冷たく尖った笛の音が響く。心が沼の底に沈んでいくような陰湿な演奏であった。

屋根を仰げば、横笛を吹く水干姿の男の影が揺らめいている。笠を被っており、縁についている垂衣が風に吹かれる様は妖しく、まるで夜叉だ。

「妖影か！」

太刀を抜きながら、隆勝が自分を庇うように前に出た。

（妖影憑きかもしれない私を、守ろうとしているの……？）

信じられない気持ちで目の前の広い背中を見つめていると、切羽詰まった声が飛んでくる。

「隆勝！　妖影が出たのですか！」

走ってきたのは黒鳶装束を纏った男だ。平緒の色からするに黒鳶中将だろう。

隆勝は夜叉から視線を逸らさずに問う。

「翁たちはどうした」

「外に出ないよう伝えました」

中将の言うように、翁と媼は部屋から顔だけを出して、怯えたようにこちらの様子を窺っていた。

「それで隆勝、妖影は……」

中将は隆勝の後ろにいたかぐやに気づき、途中で言葉を切る。彼は瞬きも忘れた様子で、かぐやをじっと眺め入っていたが、状況が状況だけにすぐに我に返った。

「これは……麗しの姫、そこにいらっしゃったのですね。隆勝が壁になっていて気づきませんでした。噂に違わぬ美姫、あなたを取り合って国が傾いてしまいそうだ」

穏やかに微笑まれ、対応に困ってしまう。着物の袖で顔を隠すと、隆勝がため息をつきながら中将を睨んだ。

「海祢、時と場合を考えろ」

「男の嗜みで、つい」

海祢中将は肩を竦めるが、悪びれる様子もなく笑みを浮かべている。

ふたりはさて、とばかりに屋根の上にいる妖影を見上げた。

「人の姿をしている妖影、ですか」

「人間に憑き実体化したにしても、影のままというのはおかしい。今まで遭遇したことのない新種の妖影か……」

隆勝は夜叉を警戒しつつ、わずかにかぐやのほうを向く。

「あの夜叉と面識はあるか？」

ありません、と首を横に振る。すると妖影が再び笛を吹いた。隆勝と海祢中将が交差するように太刀を構えたのと同時に、どこからか霧が出始める。

「なんだあれは！」

翁が庭の木々の隙間を指さした。そこから、まるで笛の音に誘われるように一つ目のムカデのような形をした妖影が、蛇でできた手足をもぞもぞと動かして地を這ってくる。

「ひやあああああっ」

媼が悲鳴をあげ、翁にしがみついた。

かぐやは声をあげる余裕すらなかった。あの力で妖影を倒しているときは決まって意識がなかったので、かぐやが妖影を見るのは死骸になったあとだった。起きているときに生きた妖影に出会うのは、これが初めてなのだ。

『罪……深キ、者……』

「え……？」

妖影が喋ったことに耳を疑った。妖影は人に憑かない限り話せない。これは金鶏国の民ならば誰もが知っていることだ。

『カグヤ、姫……』

「なんで……私の名前を……？」

急に怖くなってかぐやが後ずさると、隆勝が振り返る。

「どうした」

「あ、あの……」

鋭い眼光に射貫かれ、言葉が喉に張り付く。隆勝たちには妖影の言葉が聞こえていないのだろうか。だとしたら、正直に話せば自分が妖影憑きである疑いを深めることになる。そうすれば、自分を待つのは死だ。

（今さら怖がっているの？　黒鳶に討ってもらえる願ってもない機会なのに）

そんなまさか、と震える両手を抑え込むように胸の前で握り合わせ、静かに深呼吸をする。

「あの妖影が、私の名を……呼んだのです」

正直に伝えれば、隆勝と海祢中将は驚愕の表情を浮かべた。

（ああ、やっぱり……私はおかしいのね）

わかっていたことなのに、全身から血の気が引くのを感じる。

「俺たちには鳴き声にしか聞こえないが、お前はあの妖影の言葉がわかるのか……？」

「人間に取り憑かなければ、妖影は言葉を喋れないはずです」

隆勝と海祢中将の訝しむような視線に耐え切れず、下を向く。動揺しているせいか、足元がぐらぐらと揺れているようだった。

この場から逃げ出してしまいたい。おぞましい自分の存在を、これ以上誰にも晒したくない。それができないのなら、いっそ殺してほしい。

かぐやがぎゅっと目を瞑ったとき、部屋の中からこちらの様子を窺っていた媼が叫ぶ。

「妖影がっ、妖影がっ、嫌ああああっ」

「いけない、あんなに騒いでは——」

海祢中将の懸念は現実のものとなった。かぐやがはっと目を開けると、こちらに向かっていたムカデの妖影はぴたりと動きを止め、媼のほうを向く。

「海祢！」

隆勝の一声で海祢中将が走りだす。ムカデの妖影は『キシャアアッ』と声をあげながら大きく飛び上がり、媼たちのいる部屋に突っ込んだ。轟音と共に壁に大きな穴が開き、かぐやは叫ぶ。

「おじいさまっ、おばあさま！」

巻き上がる砂埃が晴れると、ふたりが部屋の奥に避難しているのが見えた。無事がわかってほっとしたのも束の間、妖影は追い詰めた媼たちに襲いかかる。

「ふっ！」

間一髪、追いついた海祢中将が妖影の背に一太刀を浴びせる。妖影は痛々しく鳴き、大きくよろけた。

海祢中将はすぐさま媼たちの前に躍り出て、間髪入れずに二太刀目を浴びせる。真正面から海祢中将に斬られた妖影は再び悲鳴をあげながら、後ろにひっくり返った。

「おふたりとも、私の後ろから出ないでくだ――」

海祢中将が忠告しようとした矢先、翁と媼は妖影が倒れている隙にと、足をもつれさせながら部屋の出口に向かって駆け出す。

「……！　俺から離れてはいけません！」

海祢中将の声が聞こえていないのか、翁は「ど、退け！」と媼を突き飛ばし、我先にと部屋から飛び出すと、一目散に渡殿を駆けていった。

　転んだ媼はすぐそばで蛇の手足をばたつかせ、仰向けに倒れている妖影を横目に、「ひいぃっ」と怯えながら慌てて起き上がる。

「ま、待っておくれよ！」

　そして、媼までもが別の対の屋に逃げようとした翁を追っていってしまった。

　そのとき、ひっくり返っていた妖影が起き上がった。無数にある手足を動かし、部屋の外へと逃げた媼たちのほうへ物凄い速さで向かっていく。

「……っ、まったく、自由な方々で困る！」

　海祢中将はふたりのあとをすぐに追ったが、すでに東の対のほうへ辿り着いていた翁とは距離がある。妖影はまたも大きく飛び、簀子を破壊する勢いで翁の前に着地すると、その行く手を阻んだ。

「おじいさま！」

　思わず走り寄ろうとするかぐやの前に、隆勝が片腕を出して制止した。

「俺から離れるな！　守りにくくなる」

「……っ」

　歯がゆそうな隆勝の表情を見ればわかる。海祢中将に加勢したくとも、かぐやがいるから動けないのだ。

　かぐやは祈るように胸の前で手を握り合わせ、成り行きを見守るしかない。

「うわあああっ、来るなあああああっ」

夜、殿舎の側面は蔀という格子戸で覆われている。翁は殿舎の四隅に設けられた妻戸から部屋に飛び込むと、媼がいるというのにぴしゃりと戸を閉めてしまった。

「あんた！　なんてことをするのさ！」

縋るように妻戸を叩く媼だったが、すぐそばに妖影は迫っていた。媼が振り返るよりも先に、ムカデの妖影はその身体に巻きつく。

「嫌あああっ、放しておくれ！」

「おばあさま！」

ムカデの妖影は暴れる媼をきつく締めあげ、あろうことかその体内にずぶずぶと入り込んでいく。

「くっ……翁！　聞こえているならばそこから出るな！　海祢、わかっているな！」

「ええ！」

隆勝の指示を察した海祢中将は、混ざり合う媼と妖影から目を逸らさず、緊迫した表情で刀を構え直す。

「な……」

惨憺たる光景に、かぐやはへなへなと地面に座り込んだ。

すると、かぐやを庇うように立っていた隆勝が媼を鋭く見据えたまま言う。

「気を抜くな。妖影を取り込んだ人間は、じきに妖影憑きになる」

視線を前に戻せば、あれだけ騒いでいた媼が急に静かになっていた。右へ左へゆらゆらと揺れながら、「アア、ア……」とうめき、そして——カッと虚ろな目を見開く。

「ウ、ウウッ……グアアアアアッ！」

苦しげに咆哮する媼の口が裂け、一対の大きな牙が飛び出した。髪はたちまち無数の蛇となって蠢き、数えきれないほどの手足が身体から生える。

「そん、な……おばあ、さま……」

変わり果てた媼の姿に、かぐやは着物の袖で口元を覆った。

媼が獣のように四つん這いになり、臨戦態勢に入ると、隆勝が叫ぶ。

「来るぞ！　海祢、こちらに媼を誘導しろ！　隠れている翁からできるだけ引き離せ！」

妖影憑きとなった媼は、獣の如く渡殿を駆ける。その手には鋭い爪が生え、海祢中将に飛びかかるや、その肉を切り裂かんと振りかぶった。

中将は「はっ」と太刀で迎え撃ち、幾度も攻撃を弾きながら後退する。そして、媼をかぐやたちのいる庭まで誘い出した。

「妖影憑きは妖影がその身体を捨てて外へ出ない限り、助かる方法はない。だが、せっかく手に入れた肉体を妖影が手放す可能性は、ほぼないといっていい」

隆勝の説明を聞きながら、血の気が引いていくのを感じる。

「つまり、憑かれた人間ごと殺すしかない」

「そんな……」

みぞおちを打たれたように声も立てられなかった。翁と媼(おうな)がかぐやを道具としか思っていなかったとしても、愛していなかったとしても、かぐやにはふたりしかいないのだ。それなのに殺されるのをただ見ていることしかできないのだろうか。

「隆勝！　そちらに行きましたよ！」

媼は凄(すさ)まじい速さでかぐやと隆勝めがけて飛びかかり、頭から呑(の)み込まんと、くわっと大口を開けた。

「悪く思うな」

少しの躊躇(ためら)いもなく太刀を構える隆勝の腕に、かぐやはとっさにしがみつく。

「やめてくださいっ、ふ、ふたりは、こんな私を見捨てないでいてくれたのです。殺すなんて、絶対になりません！」

「っ……、離れろ！」

乱暴に振り払うのは気が引けるのか、隆勝は加減しつつかぐやを押し退けようとする。そのとき、「隆勝！」と海祢中将の切羽詰まった声が空気を裂いた。

はっとしたように隆勝が顔を上げる。眼前には振り上げられた両手の鋭い爪と、媼の牙が迫っていた。

「くっ……」

隆勝はかぐやを懐に抱き、媼に背を向ける。

自分を庇う隆勝の肩口から、飢えたように瞳(ひとみ)を金色にぎらつかせ、だらだらと涎(よだれ)を垂らす媼が見えた。尖った牙が今にも隆勝を食い千切らんとしている。

（このままでは、隆勝様が……！）

彼には妖影憑きの疑いがあるかぐやを討つ理由はあっても、助ける義理などない。なのに隆勝は、迷わず自分を守ろうとしている。

『――お願い。あの子を守って』

また、あの声が聞こえた。

（この人を死なせてはいけない）

なぜか、強くそう思う。なぜこんな気持ちになるのかはわからないけれど、もし自分の中に本当に力があるのなら、妖影でもなんでもいい。

（どうか、この人を守るための力を――）

強く願ったとき、心の臓がどくんっと鳴る。それはやがて胎動のように、何度も空気を震わせる。妖影もその波動に押され、こちらに近づけない様子だった。

なにかが目覚める、そんな予感がした。胸の奥が熱を持ち、血と共に全身を駆け巡る。

「お前……」

ふわっと靡いた髪が金色に光り出し、少し身体を離した隆勝の目が見開かれていく。

（眩しい……っ）

弾けるような光の粒が右手に集まり、あの光の弓が現われた。それが自分に害なすものだと感じ取ったのか、媼は弱々しい悲鳴をあげて後ろに飛び退く。

かぐやは皆の視線を感じながらも、光り輝く弓から目を逸らせずにいた。

(私は、この弓の使い方を知っている……)

かぐやはなにかに突き動かされるように隆勝の腕の中から出て、媼の前に立ち塞がる。静かに弓を構えると、再び光の粒子が集まり、それは矢となってつがえられた。

「それは……!」

後ろから隆勝の声が聞こえたが、構わず媼に狙いを定める。この弓ならば媼を傷つけない、そんな根拠のない確信があった。

「——天月弓」

勝手に弓の名が口から滑り出る。光の弓は応えるように明滅した。

意識がある状態で天月弓を使うのは初めてだったが、不思議と怖くはない。迷わず弓を引き絞り——。

ふっ、と短い息を吐いて一気に解き放つ。弦を離した瞬間、黄金の羽が舞った。矢は琴の弦を弾いたときのように、まっすぐで美しい音色を響かせ、媼へと飛んでいく。

「ギャアアアアアッ!」

その胸に矢が突き刺さると、媼はひしゃげた悲鳴をあげて仰け反った。媼の身体から黒い影がすうっと剝がれ落ち、灰のように消えていく。天月弓は妖影だけを射貫いたのか、媼の姿も元に戻り、どさっと地面に倒れた。

「はあっ、はあっ、はあっ……」

弓は役目を終えたからか、弾けるように消え、かぐやの髪色も見慣れた黒に落ち着いていた。だが、力を使った反動だろうか。身体はひどく熱を持っていて、どっと重い。

（そういえば、もう一体妖影がいたはず……）

屋根の上を仰ぐと、妖影を呼び寄せたあの夜叉の姿はいつの間にか消えていた。人を喰らうでもなく、あれはなんのために姿を現わしたのだろうか。

怠さを堪えつつ媼を見ると、すでに海祢中将が駆け寄っていた。首の脈を確認し、ほっとした様子でかぐやに笑みを向ける。

「大丈夫、媼は意識を失っているだけのようですよ」

よかった、と安堵の息をついた。そのとき、後ろから腕を掴まれ、強引に振り向かされる。そこで隆勝の切実な眼差しに出会った。

「お前なのか？」

問われた意味がわからず困惑していると、かぐやの腕を掴む隆勝の手に力がこもる。

「っ、あの、痛い……」

「俺は二度、あの光の矢に命を救われた。俺はずっと探していたのだ。自分を救った力がなんなのかを」

隆勝が早口でなにかを必死に訴えているが、頭が熱に浮かされたようで理解が追い付かない。

「一体なんのことをおっしゃっているのか、私には……」

答えている途中で、ぐわんと眩暈がした。景色がぐるぐると回りだし、自分の足で立っていられなくなる。

ぐらりと身体が前へと傾くと、隆勝が息を呑み、とっさにかぐやを受けとめた。

「あ……申し、訳……」

すぐに身体を離そうとしたのだが、ひどい眠気に襲われて叶わない。意識を手放す間際に聞こえたのは、隆勝の呟きだった。

「お前は、何者なんだ……？」

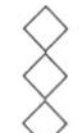

隆勝が意識を失ったかぐや姫を抱き上げると、媼を北の対にある部屋に運んだ海祢が駆け寄ってくる。

「かぐや姫のほうは大丈夫ですか？」

海祢は隆勝の腕の中にいるかぐや姫の顔を覗き込んだ。

「ああ、眠っているだけのようだ」

「力を使った反動、でしょうか？　それにしても、かぐや姫のあの力……妖影だけを消滅させることができるようですね。あれは神の御業か、あるいは……」

「……妖しの力か。かぐや姫は妖影の言葉もわかるようだ。これまで妖影憑きは殺すしかなかったからな、黒鳶としてはかぐや姫の協力を得たいところだ」

それに、あの光の矢……かぐや姫は恩人かもしれない。

だが年齢を考えると、隆勝が赤子のときも、三つのときも、かぐや姫はこの世に生まれていない。本人にも心当たりはなさそうだが、そばに置いておくことができればわかることもあるだろう。あとは、どうかかぐや姫を翁たちから引き離すかだ。

考えを巡らせていると、海祢の視線を感じた。嫌な予感しかしないが、こうもなにか言いたげな目で見られると、はっきりさせたくなるというもの。

「……なんだ」

案の定、海祢は意味深な笑みを口元に湛える。

「黒鳶として協力を得たい、ですか。姫が欲しいのは、それだけが理由ではないのでしょう？　〝光宮〟殿？」

隆勝の幼名を持ち出す時点で、もうひとつの目的も見抜いているのだろう。その上で尋ねてくるとは、なんとも意地の悪い。

「俺が光宮と呼ばれた所以を知っているなら、大方察しているはずだ。幼い俺を救ったあの光の矢が、かぐや姫の力と関係があるのかどうかを調べる必要がある」

あの光の矢は単に命を救ってくれただけでなく、兄以外の後援がない皇子が生き残るための盾を作ってくれたのだ。

自分を幾度も守った加護の手掛かりをようやく摑めた気がして、柄にもなく高揚する。

「なるほど、こんなにも美しい姫が自分を救った光の矢と縁があるかもしれないだなんて、運命を感じてしまいますよね」

「……意味がわからん」

「男なら舞い上がって当然です。運命の相手のことなら知りたいと思うもの。堅物の隆勝にも、ついに春が来たというわけですか」

胸に苦いものが込み上げてくる。出会った瞬間、あんなにも強く誰かに心を持っていかれたことはなかった。その原因がわからないからこそ、かぐや姫との邂逅を運命と表わすのは、あながち間違いではない気がする。

調べる必要があるなどと、もっともらしい言葉でごまかしたのは、かぐや姫自身に興味を惹かれたことを悟られるのが気恥ずかしかったからだ。

海祢には見透かされるだろうが、隆勝はさも動じていないように呆れてみせる。

「……お前は、何事も色恋に結びつけようとするきらいがある」

「隆勝が女っ気がなさすぎるんですよ。帝も心配するわけです」

「余計なお世話だ」

この手の話題になると、海祢は面倒だ。口で勝てたためしがない。顔を顰めて何度ついたかわからないため息をこぼせば、海祢は人の気も知らずに屋根を見上げた。

「あの夜叉、いつの間にか消えていましたね。それにしても、妖影を呼び寄せる夜叉と妖影を倒す力を持つかぐや姫ですか……妖影について、俺たちの知らないことがまだまだあるようです」

「そうだな。だがまずは——翁」

ひとり部屋に隠れていた翁に声をかけると、「は、はい……」と気まずそうに出てきた。妻を見捨て、孫娘を助けるよりも保身に走ったことが後ろめたいのだろう。男の風上にも置けない。

「かぐや姫を休ませる。部屋に案内しろ」

「わかりました。こちらです」

顔を強張らせながら翁が歩き出す。あとをついて行こうと、かぐや姫を抱え直したときだった。かぐや姫の着物がわずかにはだけ、肩にある無数のみみず腫れが目に入る。

（なんの痕だ？）

よく見れば手首にも腕輪のような痕があり、理解した。肩のみみず腫れは鞭、手首の痕は恐らく手枷をつけられてついたものだ。

眉間にしわが寄るのを感じながら、前を歩く翁の背を鋭く見据える。

（かぐや姫は翁と媼に折檻されているのか？　だが……）

もし、翁らから惨い扱いを受けているのなら、あのような台詞が口を衝くだろうか。

『ふ、ふたりは、こんな私を見捨てないでいてくれたのです。殺すなんて、絶対になりません！』

なんにせよ、翁を問い詰める必要がある。

「着きました」

一か所だけ蔀が開いている部屋の前で翁は足を止めた。

だが、翁は御簾を少し捲ってすぐに「あ、いや！」と慌て始めた。

「こ、ここではなかったようです。すぐに移動しましょう！」

へらへらとして、翁は部屋の入り口を塞ぐように立つ。額には汗をかき、やましいことがあると言わんばかりに目が泳いでいた。

「自分の屋敷だというのに、部屋を間違えるのか？」

確認しろ、と海祢に視線で指示を飛ばす。

「――失礼」

「ちゅ、中将殿っ、お待ちくだされ！」

追い縋る翁よりも早く、海祢が御簾を上げた。

部屋の中には鳥籠のように四方を囲まれた格子付きの帳台があった。格子には鎖つきの手枷が括り付けられている。目に飛び込んできた光景に反吐が出そうになった。

「これは……」

いつ何時も人当たりのいい笑みを崩さない海祢の顔も険しくなる。

不愉快だ。かぐや姫への折檻が確信に変わった瞬間だった。

「翁、この屋敷で罪人でも捕らえているのか？」

隆勝の詰問する声も自然と低くなる。

「い、いえ……これは、その……」

引きつった笑みを浮かべる翁だったが、すぐに閃いたように自身の大腿を叩いた。

「実はこれは、かぐや姫のためにつけたものなのですよ！　かぐや姫を攫おうとする男共がたくさんおりますので、娘を奪われないようにするために私共も必死でして……！」

本人は妙案とばかりに説明してくるが、呆れるほど取ってつけたような言い訳だ。

かぐや姫にとって、翁らは親も同然だろう。孫娘を守るためだったとしても、監禁する親がどこにいる。それがまかり通るわけがない。

「かぐや姫を守るためだとして、なぜ錠が外側についている。内側につけねば、かぐや姫が自由に外へ出られないだろう」

盲点だったのだろう。翁は明らかにぎくりとして、「そ、それは……」と焦りを見せた。

「翁、外からかける錠も枷も、中の者を外へ逃がさないために使うものなのですよ。これ以上隠し立てすれば、翁方の立場が悪くなるだけかと」

笑顔で逃げ道を塞ぐ海祢に、翁は早くも観念したようで、首を垂らした。かと思えば、勢いよく顔を上げ、キッとこちらを睨みながら開き直る。

「……かぐや姫は幼い頃から夜な夜な里を徘徊しては、妖影をあの力で殺しているのです！　あんな化け物を放し飼いにしていたら、私たちが里を追われてしまう！」

殊勝な態度から一変して、翁は唾を飛ばしながら逆上する。

「納屋に閉じ込めるよりマシでしょう！　今は格子付きとはいえ、部屋を与えてやりました！　着る物も食べる物も家にも困らない。裕福な暮らしをさせてやっている！」

「納屋だと？　かぐや姫を納屋に閉じ込めていたのか？」

しまった、とばかりに翁はばつが悪そうな顔をした。

海祢は呆れたように首を横に振る。

「図星ですか。あなた方は化け物と虐げておきながら、かぐや姫が美しい女性に育つと納屋から出して着飾らせた。縁談をちらつかせ、貴族に貢がせて生計を立てようと考えたのでしょう。違いますか？」

翁は青ざめた顔で俯き、がたがたと震え出す。

「あなた方が裕福な暮らしができているのは、むしろかぐや姫のおかげでは？」

「そ、それは……っ、ですが、かぐや姫のせいで、私は竹取の仕事を失ったのです！　仕方ないではありませんか！」

翁が話せば話すほど、胸糞が悪くなった。常軌を逸している。自分が道義にもとる行いを積み重ねていると、本気で気がついていないようだ。

「竹取であったときよりも、お前たちはいい思いをしているはずだ。それで味を占めたのだろう」

殺気立った隆勝に気圧されたのか、翁は「うっ」と呻いて身を仰け反らせる。

「化け物だなんだと噂を立てられれば、せっかくの縁談話も立ち消える。貴様らはそれを懸念して、かぐや姫を閉じ込めたのだな。己の欲のために」

こんな私を見捨てないでいてくれた、か。今なら自分を虐げた相手を守ろうとした理由がわかる。かぐや姫が翁らを憎んでいる様子がないのを見るに、自分の存在が翁たちの仕事を奪い、里での居場所を奪ったと己を責めているのだ。罪悪感から、どんな非道な扱いを受けても仕方ないと甘んじて翁らの人形として生きることを受け入れた。

いや、抗うことを諦めた……ともいえるか。

恐らく、かぐや姫は親を無条件で慕う雛鳥なのだ。どんな親であっても、愛されることを望んでしまう。そのために己の心を殺すことになっても、ただひたすらに親の心を求めてしまうのが子というもの。そんな時期が自分にもあった。

隆勝は憂いのこもった眼差しでかぐや姫を見つめる。

自分のことのようにわかるからこそ、このままでは駄目なのだ。籠の中に閉じ込められ、外の世界を知らないかぐや姫は、家族という巣を失うことを恐れているだろう。だが、親に愛されなくとも、外の世界で新たな巣や愛を見つけることはできる。そもそも、それらは心を犠牲にして得るものではない。

いずれにしろ、かぐや姫はこの鳥籠から出なければ生きながらにして死んでしまうだろう。

『もし私が……人で、なかったら……隆勝様は、私を……殺して、くださいますか？』

夜叉が現われて問い返す機は逃したが、あれは己の運命を悟り受け入れながらも解放されたいと願ったゆえに出た言葉ではないだろうか。

命を絶たねば、その望みを叶えられないと本気で思ったのか？　自由になる方法なら、いくらでもあったはずだ。

だが、それ以外の選択肢が浮かばないほど、かぐや姫は意思すらも奪われてきたのかもしれない。もしくは他の可能性が描けぬほど、追い詰められていたのか……。

「なぜ、閉じ込めるだけでは飽き足らず、折檻までする必要があった」

「折檻ですと⁉　いくら隆勝様といえど、言っていいことと悪いことが――」

「言い逃れはできぬぞ。かぐや姫には鞭の痕があった。それも、着物で見えないような場所にだ。お前たちはかぐや姫が幼い頃から、手をあげていたな？」

静かな怒りを滲ませ、地を這うような声で問い詰める隆勝に海祢は目を見張る。

自分でも、ここまで己の感情を律せないことに驚いていた。かぐや姫と己の境遇を重ねているからだろうか、自分のことのように苛立つのは。

「わ、私たちだって、こんなことしたくなかったんですがね。相手は化け物なんですよ！　躾けるには、これくらいしないとでしょう！」

動揺のあまり平静さを欠いているのだろう。「仕方なかったんですよ！」と、べらべら己の罪状を白状する翁に海祢も顔を顰める。

「ここまで赤裸々に話してくれるとは、聞き出す手間が省けましたね」

「耳障り極まりないがな」

かぐや姫を抱く腕に自然と力が入る。このような小さな身体で、どれだけの痛みを受けてきたのか。想像するだけで腹に据えかね、翁を冷ややかに見た。

「かぐや姫は、お前たちの孫娘だそうだな。実親はかぐや姫を産んですぐに捨て、そのまま姿を消したとか」

「え、ええ、そうですが……」

「だが、貴様らに子はいなかったと里の者から聞いている」

「それは……私共の生活が厳しく……ええと、早いうちに養子に出した子なので、里の者が知らなくても無理はないかと……」

この者たちならやりかねないが、視線を彷徨わせている様がどうにも怪しい。

「ならばその養子に出した子は、貴様らを相当に恨んでいるだろうな。なのになぜ、貴様らに娘を預ける。かぐや姫はどういう経緯で讃岐家に引き取られた？」

隆勝が鋭く目を細めると、翁の顔に狼狽の色が走った。

「あ、あの子は赤子の頃からおかしかったからです！　私共への嫌がらせに子を押し付けたのでしょう」

翁の声は裏返り、目は明後日のほうを向いている。

この者たちなら、そのような曰くつきの子であれば、すぐに捨てそうなものだが……

ますます疑念が消えない。

「赤子の頃から、あの奇怪な力の片鱗が現われていたということか？　里の者の話では、かぐや姫は三月と経たないうちに妙齢となったとか。それは実か？」

「い、いや……うちの孫娘はそこまで人間離れはしておりません！」

（話が二転三転するな）

頭に血がのぼりそうになるが、理性でもって激情を抑える。

「どの口が言っている。貴様らがこの娘を化け物と呼んだのだろう」

この期に及んで、娘の悪評が気になりだしたか。この者たちは娘よりも縁談に支障が出ないかが心配らしい。

「どこまで己の欲に溺れ続けるつもりだ。かぐや姫を引き取ると決めたなら、なぜ親の責務を果たさない」

「なっ、今こそ貢ぎ物頼りではありますが、竹取であったときは貧しいながらも、かぐや姫をちゃんと養っておりました！　なにも知らずに責めるのはやめていただきたい！」

「ただ食事や寝る場所を与えればいいわけではない。それでいいなら、家畜と同じだ」

どれだけ高価な着物を身に着け、贅沢な調度品に囲まれ、豪勢な食事を口にしようと、絶対に満たされないものがあるのを隆勝は知っている。

愛情――、それを隆勝は兄である帝からもらった。

「俺が媼を斬ろうとしたとき、かぐや姫は殺すなと庇った。親を慕う娘の心を踏みにじり、化け物と存在を否定し、暴力で支配しようとするなど、貴様らは妖影に匹敵する外道だ」

隆勝の剣幕にとうとう翁は尻餅をつく。

「ひいいいっ、お、お許しを！」

「許しを乞う相手は、俺ではなくかぐや姫だろう」

さすがにここまで愚鈍だと叱責する気も失せる。

かぐや姫が妖影憑きか否かははっきりしないが、翁らは今宵妖影に襲われ、媼は目の前で妖影憑きとなった。つまり人間で間違いない。

対するかぐや姫も、妖影憑きならば真っ先に身近にいる翁たちを喰らっているはずだ。妖影憑きである可能性は低い。それどころか、妖影に憑かれた人間を救えるかもしれない娘だ。なにより、年若い娘が酷遇を受けているという状況を見過ごせない。

「お前たちのような外道のもとに姫は置いておけん。かぐや姫の身柄は黒鳶が預かる」

それに「なっ」と絶句していたのは、翁だけではない。

海祢も目を丸くし、口を半開きにしたまま固まっていた。普段は冷静な隆勝が段取りも踏まずに、強引に事を進めようとしていることに驚いているのだ。

「い、いくら公家の方とはいえ、人様の娘を拐かすなど、許されませんでしょう！」

一丁前に親であることを主張する翁に嫌悪感は増すばかりだ。

子は親を選べない。幼く生活能力がないうちは、生き死にも親の手に委ねられている。

弱い立場にあるこの娘を散々痛めつけた者たちの元に置いていけるわけがない。

渡してなるものか、とかぐや姫を強く抱き込む隆勝の肩に、海祢が手を乗せた。

「そうですね、さすがに翁方の同意なくかぐや姫を連れ帰るのは礼儀を欠いています。

ここはひとまず出直すことにいたしましょう」

「だが……」

「今はかぐや姫も休ませないとでしょう？　かぐや姫に縁談を申し込んでいる貴族方からの反発もあるでしょうし……ね？」

　ここは引けと、海祢の目が訴えている。

　海祢が言うのだ。この状況でかぐや姫を保護するのは得策ではないのだろうが……。

　腕の中に視線を落とす。かぐや姫の顔は血色が悪く肉づきも薄すぎる。抱えていると、かぐや姫の痩せて骨ばっている身体を感じ、ここに残していくことがはばかられた。

　だが、いつまでも駄々をこねているわけにはいくまい。

（――必ず、助ける）

　そう心に決め、今宵はかぐや姫を諦めると讃岐家の屋敷を出た。


　馬で来た道を戻りながら、何度も振り返る隆勝に海祢が苦笑した。

「それ、何度目ですか？　そんなに姫が恋しいと」

「……違う」

　実のところ違わない。口では嘘を吐けたが、本当は心の一部を置き去りにしてきたかのようで落ち着かない。

「さっきは凶悪面全開で姫を連れ帰るなんて言い出して、驚きましたよ。黒鳶大将が職権乱用で女性を連れ去ったとなれば大問題ですから、引いてくれてほっとしました」

確かに、先ほどは冷静さを欠いていた。それも隆勝が引かないかもしれないと、海祢が心配になるほどに。

今日は黒鳶隊の任務で来ている。大将の自分が失態を演じれば、それは黒鳶全体の不名誉になるというのに不甲斐ない。

「すまなかった」

「隆勝が熱くなってしまった理由は、わかっていますよ」

海祢の目が、なにもかも見透かすように細められた。

「言ったでしょう、似ているとは思いませんかって。自分を見ているみたいで、ほっておけなかったのでしょう？」

生まれながらにして付き纏う血筋に翻弄されて生きてきた自分と、かぐや姫の境遇は重なる部分が多すぎる。もし自分に光の矢の加護がなければ、帝がいなければ、待っていたのは死だ。かぐや姫も、あのまま翁のもとにいれば、いずれ自分の価値を見出せずに死を選ぶこともありえる。

「隆勝の気持ちは理解できます。俺も女性を虐げる男は犬畜生と同じだと思っています。しね。ですが、黒鳶の名のもとに調査をしに来ている身で、お身内の同意も得ずにかぐや姫を連れ帰ることはできません。残念ながら」

「だが、策はあるのだろう」

「大将殿の望みを実現するのが、あなたの相棒たる俺の役目ですので」

海祢は演技がかった仕草で胸に手を当てる。

「かぐや姫を手に入れるなら、正式な手続きを踏むことです」

怪訝に思って眉を顰めると、海祢は薄気味悪く微笑んだ。

「まずは今回の妖影との戦いで壊れた讃岐家の屋敷の修繕費を隆勝が負担してください。それが初めの一手です。そして二手目は――大将殿、男を見せる時です」

八日前に妖影がこの屋敷を襲ったことを忘れてしまいそうなほど、いつも通りの朝。

翁に連れられて、寝殿に向かいながら、かぐやは屋敷の中を見回す。妖影との戦いで寝殿の壁や渡殿の一部が壊れてしまったものの、隆勝たちが夜通しで里の近くにいる大工職人たちを集めて、あっという間に修繕してしまった。その費用も全て、隆勝が負担してくれたそうだ。

どうしてそこまでしてくれるのだろう。不思議に思いながら居間にやってくると、豪華な調度品に囲まれている媼がいた。

かぐやが部屋の入り口のあたりで正座をすると、媼は上機嫌に喋り出す。

「かぐや姫、よくやったね。隆勝様から金装飾の家具一式に金貨四千枚、米八俵が送られて来たんだよ！　私もあんな目に遭った甲斐があったってもんだねえ」

あんな目というのは、妖影に憑かれたことだろう。媼は妖影に憑かれたあと一日寝込んだものの、すぐに普段通りの生活を送れるようになった。

あの日、かぐやは力を使ったあと、意識を失った。翌日、目を覚ましたときには隆勝と海祢中将はすでに帰っており、てっきり妖影憑きだと討伐されてしまうものだと思っていたかぐやは、なんのお咎めもなかったことに驚いた。単に首の皮が一枚繋がっただけなのかもしれないけれど。

かぐやの力を目の当たりにした以上、また黒鳶の者が来るはずだ。そのときこそ、自分の人生が終わるのだろうと思っていた。そんな矢先になぜか、隆勝から高価な貢ぎ物が届いたのだ。

金鶏国の貨幣には金貨、銀貨、銅貨があり、金貨千枚で庶民の家一軒が買え、銀貨一、二枚で店で食事ができ、銅貨五枚くらいで団子などの食べ歩き程度ができる。

隆勝は貴族が住んでいるような屋敷一軒分の金貨と、田んぼ一反分に相当する米、それに加えて高価な金装飾の家具まで贈ってきたということになる。贅沢をしなければ、翁と媼は働かずに余生を送れるだろう。

隆勝はかぐやを妖影憑きではないかと疑っていた。自分を気に入って貢ぎ物を贈ってきたとは思えない。

（でも……隆勝様は私を助けてくれた）

かぐやが普通でないと知りながら、当然のように庇ったのだ。あのときの広い背中や逞しい腕、温もり……それらを思い出すだけで、石のように固まっていた心がほぐれそうだった。

「屋敷まで直してもらって、本当に太っ腹な方だよ」

貢ぎ物に心躍らせている媼たちをよそに、かぐやが大事な思い出に触れるように胸を押さえていると……。

「かぐや姫、お前には隆勝様のもとに嫁いでもらう」

翁の言葉に耳を疑った。

「え……隆勝様が、私との縁談を……望んだのですか？」

とくんと鼓動が弾む。藍色の瞳で、まるで己の存在を刻み込むように、まっすぐに自分を見つめてきた隆勝。彼の精悍な顔が脳裏によぎった。

（本当に？）

ふわっと浮き立った気持ちになった。どうしてそんなふうに感じたのか、わからない。でも、足元からほのかに上がってくるこの感情は……恐らく期待だ。

普通はかぐやの力を目の当たりにして嫁に迎えるなど、ありえないことだ。だから、考えてしまう。自分を庇った大きな背中を思い出しながら、生まれて初めて普通でない自分の存在が認められるのではないかと。

そんなうまい話があるわけがないと考える一方で、自分の中にあったとは思えない浅ましい期待をすぐに否定することもできず翁を見つめていると、その顔が渋く歪む。

「そうだ。わしとしては気が進まんが……あのようにおっかない方とは関わり合いになりたくない」

「なにを言うんですか、あなた。この貢ぎ物を手放すだなんて、もったいない！　かぐや姫も神様から授かったその容姿、私たちを幸せにするために使えて幸せでしょう？」

翁とは違い、媼は乗り気のようだ。いつもなら縁談を先延ばしにして、できるだけ貴族から金目の物をむしり取るのに、即決したのがその証拠だ。それだけ、隆勝のもたらした貢ぎ物は媼のお眼鏡に適ったらしい。

ならば、かぐやは従うだけだ。そう、余計な感情は捨てて、ふたりのことだけを考えてこう言えばいい。

「はい、おばあさま。かぐやは幸せです」

ぎこちなく笑み、媼の望む答えを返す。

「隆勝様の使いの者が外で待っている。早く支度しろ」

かぐやを少しも視界に入れず、翁は早く追い出したそうに手で払う仕草をした。

「かぐや姫、隆勝様に捨てられたら戻ってらっしゃい」

貢ぎ物を吟味しながら、媼が言う。

「え……よろしい……のですか？」

ふたりには迷惑ばかりかけてきたので、『もう戻ってくるな』と真逆の言葉をかけられると思っていた。

「お前のような化け物を、化け物退治を生業にしている隆勝様が、ずっとそばに置いておくと思うのかい？」

「……っ」

そうだった。自分は化け物で、嫁ぐ相手はかぐやを妖影憑きだと疑っている黒鳶の大将なのだ。

だとすればこれは、かぐやを近くで監視するための縁談だろうか。普通の人間でないことは、もう知られている。だが、妖影憑きだと確信は持てていないのかもしれない。

（なら、確信が持てたそのとき、私は殺されるのね）

先ほどの高揚した気持ちが瞬時に萎んでいく。

「忘れるんじゃないよ、かぐや姫。お前の居場所はここ以外にないんだよ。戻ってきたら、新しい嫁ぎ先を見つけてあげますからね。安心しなさい」

「はい……」

媼の言う通りだ。やめよう、期待するから傷つくのだ。

「……おじいさま、おばあさま、今まで育ててくださり、本当にありがとうございました。行ってまいります」

乗り気ではなかった翁も媼と共に貢ぎ物に夢中で、かぐやのことなどもう見てもいなかったが、深々とお辞儀をする。

自分が不幸にしてしまった人たち。この縁談で少しは、その罪を贖えていたらいい。

そんなふうに思いながら立ち上がり、翁と媼の後ろ姿を目に焼きつけた。

そして、旅支度をするために静かに部屋に戻る。

鶯色の小袖の上から紅葉色の打掛を羽織り、歩行しやすいように裾を引き上げた旅装束に着替える。それから鏡台の上に置いていた月下美人の簪を手に取った。

（旅の持ち物は、この零月兄さんから貰った簪だけね）

お別れも言えずに旅立たなければならないことが胸に引っかかるが、かぐやにはどうにもできない。苦い笑みが口元に滲むのを感じながら、鏡を見て簪を髪に挿した。

垂衣がついた笠を被り、最後に室内を振り返ると、淡々と屋敷の外へと向かう。

屋敷の外には隆勝が寄こした使いの者が待っていた。移動は牛車ではなく使いの者の馬に相乗りして来いとのことで、そのほうが早く都に着くのだとか。

これはきっと死地への旅路になる。見るのは最後になるだろう里の景色を目に焼き付けながら、かぐやは都へと発った。

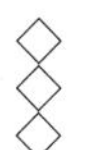

外巣には『鳥冠殿』という、官人の任命式や謁見の際に帝が着座する『高御座』が据えられた正殿があり、その左右に中庭を挟むようにして建ち並ぶ政の庁舎――『双翼

堂』がある。太政官と黒鳶隊は、双翼堂にそれぞれ置かれている『太政堂』と『黒鳶堂』に出仕するのが決まりだ。

だが、なにぶん黒鳶隊は人手不足で、各邦へ遠征に出ている者は数年都へは帰ってこられない。都でも、妖影の数と共に見回る場所も増え、朝礼が済めば隊員は一斉に出払ってしまう。

今も静かな黒鳶堂の奥の間にある上官室には、隆勝と海祢と少将の三名しかいない。普段は上官であっても下役である隊員と共に町を駆け回っているので、こうして隆勝たちが集まって黒鳶堂にいるのは珍しいのだが、今日はやむを得ない事情があった。討伐に追われ、手をつけられていなかった報告書の類を片付けなければならないのだ。

「黒鳶の上官勢は、そこそこ美丈夫揃いだと思うんですけどねえ。悲しいかな、今まで縁談話の『え』の字もありません〝でした〟」

文机に向かっていた海祢がぼやいた。今月発生した妖影の数や場所に関する報告書の作成を任せていたのだが、作業に飽きたらしい。

隆勝は「くだらん」の一言で切り捨て、下役から上がってきた書類である巻物に目を通す。その間も、海祢のぼやきは続く。

「朝晩の二交代勤務な上に遠征もあるとなると、姫君との逢瀬に時間を割くことも叶いません。黒鳶の、特に上官勢の未婚率は深刻〝でした〟」

「でした？　海祢中将、なぜ過去形なんです？」

筆を手にしたまま書類から顔を上げた少年は、老緑(おいみどり)の小袖の上から黒鳶装束を纏(まと)い、銅色の平緒を腰に巻いている。わずか十六で歴代最年少の黒鳶少将の任に就いている蘇芳凜(りん)だ。氏の通り、二大公家(くげ)の『蘇芳』の出である。

深緑の猫目に若々しい顔つき。黒緋(くろあけ)の髪を後頭部の高い位置で結い上げ、小柄で見た目は元服前の少年のようである。だが、瞬時に戦況を見極め、三百名余りいる年上の隊員たちを直接指揮できる有能な武人で、経験さえ積めば大将になれる逸材だ。

「よくぞ聞いてくれました、凜少将。激務ゆえに縁談話が遠のくこの黒鳶の上官の中から、既婚者第一号が出たんですよ」

「回りくどいぞ、海祢。第一、上官は俺とお前と凜少将の三人しかいないだろう。大げさだ」

朝から書類の山に囲まれ、よくこのようなくだらない話に花を咲かせられるものだ。

隆勝が眉間(みけん)を押さえていると、凜少将が「え……えっ」と隆勝と海祢の顔を交互に見比べ、慌て出した。海祢は凜少将のこういう反応が見たくて、からかっているのだろう。

「結婚から一番縁遠いと思っていた、あの大将殿が！　ついに！　お嫁さんを娶(めと)るんですよ！」

凜少将は絶句する。

隆勝はため息をつき、視線で海祢を窘(たしな)めた。

「順序をすっ飛ばしすぎだ」

「はは、すみません。凛少将の反応が可愛らしくて、つい」

「その悪癖を直せ」

「性分でして」

つまりは直す気がないということか。

少しも反省していない海祢への説教は早々に諦め、凛少将に改めて報告する。

「正式にかぐや姫との縁談が成立してから話そうと思っていたのだが、激務に身を置いているうちに頭から抜け落ちていた。すまない」

「そんなっ、謝ってもらうことでは……。ですが、かぐや姫といえば、妖影憑きかもしれないと疑って、おふたりは隠岐野まで行かれたんですよね？　それがなんでまた、縁談なんて話になったんです？」

凛少将が困惑するのも無理はない。遠征から戻ってくるなり、調査対象と結婚するなどと聞かされれば、当然の反応だ。

「保護と協力の要請が主な理由だ。かぐや姫に関する報告書は読んだか？」

「あっ、はい。かぐや姫の力があれば、今まで殺すしかなかった妖影憑きを救えるかもしれないとか」

「そうだ。かぐや姫の同意が得られれば、黒鳶の姫巫女として正式に入隊してもらうつもりでいる」

海祢は予測していたのか、表情を変えることはなかったが、凛少将は正気を問うような顔でこちらを見てくる。

「それから、かぐや姫は後見人である翁から酷遇を受けていた。一刻の猶予もなかったからな、最も早く引き離せる手段がこれだった」

「だからといって、隆勝大将自ら保護しなくても……隆勝大将はそれでいいんですか？　他の黒鳶に嫁がせたってよかったんじゃ……妖しの姫ではありますけど、見目はたいそういいとか。貰い手はいたはずです」

　凛少将は慕っているからこそ、親身に隆勝を案じているのだ。

　だが、この度の対応にまったく私情が絡んでいないかと言われれば否だ。ゆえに言葉に詰まっていると、海祢が助け舟を出す。

「他の人間では駄目だったんですよ。現に翁方は数多の貴族から持ち込まれた縁談を突っぱねていましたし、我らが大将のように二大公家の出身で皇族とも縁がある御仁でなければ、首を縦に振らなかったでしょう」

「海祢の言う通りだ。それから、私的な理由もあった」

　凛少将は「私的な理由？」と首を傾げる。

「かぐや姫の力のことだ。俺は昔、かぐや姫の力に助けられたかもしれなくてな。それを調べたいと思っている」

　凛少将は隆勝が光宮と呼ばれた逸話を知っていたのだろう。腑に落ちたように「なるほど、そうでしたか」と何度か頷いていた。

「協力を得るためにも、そばに置いたほうが賢明だと考えた」

「……と、まあ、あれこれ建前を並べていますが、隆勝も男だったというわけです。かぐや姫は黒鳶きっての堅物を落とした美姫として、今に宮中でも有名になるでしょう」

「……茶々を入れるな」

ぎろりと睨みつけるが、海祢はあっけらかんと笑っている。

「図星を指されると怒るのは、人間の性ですね。凜少将もかぐや姫を見たら、惹かれること間違いなしですよ。そうなると……ふふ、略奪愛になってしまいますが。大変ですね、隆勝」

くだらないを通り越し、胸中は無だ。聞こえなかったことにして仕事に打ち込んでいると、しばし固まっていた凜少将が「なっ」と声をあげる。

「僕は隆勝大将を裏切るような真似はしません！」

「若いですねえ、真っ赤になってしまって」

「海祢中将！　からかわないでください！　略奪あ……あ、あ……はともかくっ、かぐや姫が妖影憑きでないという証拠もありませんし、大将に仇なす存在だと判断したら、いくら大将の奥方でも僕は容赦はしません！」

凜少将が筆を持つ手で、勢いよく海祢を指した。びゅんっと自分目掛けて飛んでくる墨を、海祢は涼しい顔で避ける。おかげで、庁舎の壁が汚れた。

「お前たち、いい加減に……」

「第一、僕は女性が黒鳶に入るなんて反対です。協力を得る必要があるのはわかりますが、足手まといですよ！」

赤面して訴える凛少将がさすがに不憫に思えて、ため息をつく。

「相手にするな。中将は人をおちょくらないと死んでしまう病だ。こいつの茶番に付き合ったほうが負けを見る」

「ひどいですねえ。絆を深めるための会話じゃありませんか」

「むしろ溝が深まる」

「さすが大将殿、返しがうまい！」

そういう話ではないのだが、海祢に付き合うほうが負けを見る。先ほど凛少将に忠告したように、今度は自分をそう諭し、隆勝は言い返そうとした言葉を先ほどよりも深いため息で流した。

「でもまあ、黒鳶に女性が入ることに関しては、俺もまだ気が進みませんね」

海祢は不意打ちで、どこか重みのある一言を投下する。

「危険な職場ですし、切った張ったの世界に身を投じるのは男だけでよいかと。女性は愛で、守られるべきです」

海祢の女に対する庇護欲は姉のことがあるからだろう。だが、海祢は内になにを秘めていたとしても気取らせない。現に凛少将は、海祢が表情に微かに憂いを滲ませたことには気づかず、「ですよね！」と賛同している。

隆勝が物言いたげな視線を海祢に向けていると、

「あ、そうでした。隆勝、縁談のことは帝に話したんですか？」

海祢はあえて話を逸らしてきた。人の機微に敏い海祢が隆勝の視線に気づかないはずがない。つまり踏み込まれたくないのだろう。ゆえに隆勝も騙されたふりをする。

「当然だ。帝には真っ先に報告した」

「事情があるとはいえ、喜んだでしょうね」

「ああ。だが、これはあくまで仮初の婚姻だ。俺はあの娘をずっとそばに置く気はない。それに……俺がどんな人間かを知れば、向こうから離れていくだろう」

無意識にこぼれた一言に、海祢と凛少将は歯がゆそうな顔で仲良く黙った。

「それは、あなたが鬼大将と呼ばれる理由のことを言っているんですか？」

「隆勝大将、あれは……っ」

ふたりの言わんとすることがわかり、それ以上の発言を許さないというように手で制す。自分から振っておいてなんだが、ただでさえ激務で疲れているというのに、わざわざ憂鬱な話をすることもないだろう。

「で？　麗しの姫君はいつ、都に来るんです？」

海祢は隆勝の心情を察したのだろう。何食わぬ顔で話題を変えた。

（……気を遣わせたな）

だが、今はその気遣いがありがたかった。

「恐らく、今日あたりだ」

書類に視線を落としたまま答えれば、居心地の悪い沈黙が落ちる。不審に思って顔を上げると、非難するような二対の目が隆勝に注がれていた。

凛少将は控えめに尋ねてくる。

「屋敷で……出迎えなくていいんですか？　一応、遠い隠岐野から嫁いでくるお嫁さんなわけですし……」

「政務が溜まっている。それしきのことで休めるわけがない」

そう答えると、ふたりの非難の眼差しは軽蔑のそれへと変わっていた。

「……屋敷には女房もいる。到着してから不自由することはないだろう。使いには腕の立つ従者を行かせた。護衛ならそれで十分のはずだ。なにか問題があるのか？」

女房は一人住みの房、すなわち部屋を与えられ、宮中や貴族の屋敷に仕える女のことだ。主に主人の教育や身の回りの世話、仕事の補助などをこなす。

隆勝の屋敷にいる女房は、宮中でも右に出るものはいない才覚の持ち主である。あれにかぐや姫を任せれば、なにも問題はない。

「いえ、問題しかありませんよ。前々から女心がわからない男だとは思っていましたが、ここまでとは……。はっきり言って軽蔑しますね」

今度は隆勝が黙る番だった。そこまで言われるほど、まずいことをした覚えはないのだが。

「あの……ひとつ気になることが」

凛少将がおずおずと手を上げた。

「縁談が成就したのって、いつなんでしょうか？」

「二日前ですよ。我らが大将殿が早くかぐや姫をお嫁さんにしたいとおっしゃるので、こちらに戻ってきてすぐに讃岐家に文を出したんです」

海祢の言っていることは間違いではないが、釈然としない。

「隠岐野まで馬と船で片道丸一日かかるので、文のやりとりだけで時間がかかってしまうなと思っていたのですが、二度目の文でいいお返事がもらえたので安心しました」

わずか四日で縁談をまとめられたのは海祢の人心掌握術あってこそだ。

「……ん？　おかしいですね」

ふと、海祢が顎に手をやりながら首を捻る。

「二日前に縁談が決まったばかりなのに、かぐや姫がなぜ今日都に着くんです？」

「そうなんですよ！　嫁ぐ支度もあるでしょうし、しかもかぐや姫は牛車(ぎっしゃ)で来ますよね？　そうなると、航海時間も合わせて十日以上はかかるはずです。今日都に着くのは、物理的に無理なんじゃ……」

ふたりの視線が隆勝に向く。

「牛車では倍以上の時間がかかって日が暮れる。今もどこかで妖影(かげ)に憑かれた民を黒鳶は討っているのだ。彼らを殺さずして救うためには、かぐや姫の力が今すぐにでも必要だからな。馬で来させている」

海祢と凛少将は「は……馬で……？」と声を揃え、啞然としていた。

昨日、こちらが用意した貢ぎ物も届いているはずだ。事は滞りなく進んでいるはずなのだが、海祢の目が据わっている。

「嫁いでくる女性を馬に乗せるだなんて、信じられません。論外です」

「なぜだ」

「なぜだ、じゃありません。かぐや姫は女性なんですよ？　馬に乗るのは怖いでしょうし、男であっても馬での長旅はきついというのに……」

白けた目で隆勝を見ていた海祢は、底冷えするほどの黒い笑みを浮かべる。

「女心がわからずに傷つけるくらいなら、手入れを欠かさず愛でている、その腰の太刀とでも結婚してください」

海祢の圧に、隆勝は苦く呻いた。

確かに配慮が足りなかったかもしれない。かぐや姫の力を早く借りたいというのもあるが、純粋にだらだらと牛車に揺られるよりは、馬で早く屋敷に着いたほうがいいと思ったのだ。だが、海祢の言う通りだ。女の立場になって考えられていなかった。

「想像力が足りなすぎます。ねえ、凛少将」

話を振られた凛少将も、なんとも言えない顔をしていた。

「嫁を迎えるのは初めてなのだから……仕方ないだろう。勝手がわからん」

「では女心のわからない大将殿、助言をして差し上げます。かぐや姫が屋敷に来るだろう今日は、早く帰ることです」

　こればかりは反論の余地もなく、「……わかった」と答えるしかなかった。

　馬と船で丸一日かけ、かぐやは都に辿り着いた。迎えの者が引く馬に乗りながら、隆勝の住む屋敷――『光明殿』に向かう。

　都は物売りの客寄せの声や鼓の音、行き交う牛車や多くの人で賑わっている。

　里ではこんなに大勢の人を見る機会はなかった。慣れない人と町に早くも気疲れして、かぐやは深く息をつく。

(零月兄さんが仕事で行くと言っていた花楽屋も、この辺りにあるのかしら……)

　帝の御座す宮城からまっすぐ延びた大路の両脇には、露店や茶屋などがずらりと並んでいるが、花楽屋らしき建物は見つからない。

(こんなに広い都で、運よく零月兄さんに会えるなんてこと、ないわよね……)

　それに隆勝は、妖影憑きかもしれないかぐやを一歩たりとも屋敷から出さないはずだ。住む場所が移っただけで、かぐやに自由などありはしないのだ。

「もう少しで着きますよ」

かぐやの噂を聞いているだろうに、親切そうな笑みを浮かべながら、迎えの者が振り返る。だいたい奇異の眼差しを向けられるか、好奇の視線に晒されるかのどちらかだったかぐやは、慣れない反応を前にして、ただ頷くだけで精一杯だ。

宮城近くまでやってくると、周辺一帯には貴族の屋敷が集まっていて、小路に入ると大通りから外れているせいか、市の喧騒も遠くなり静かだった。

しばらくして、迎えの者は築地塀に囲まれた広壮な屋敷の正門で足を止めた。

「ここが光明殿です」

ここまで来るのに半刻ほどかかってしまった。港から都に入る際、都の入り口である大門で検問を受けたせいだ。

生まれてこの方、隠岐野を出たことがなかったので初めての経験だった。

都は帝が御座す重要な場所。怪しい者や関税を逃れるために商品を隠す商人を取り締まるためにも、検問が必要なのだそうだ。

改めて夕日に照らされた屋敷を見上げる。敷地の広さからして、間違いなく殿上人の住まい。今日からここで暮らすのかと思うと、やはり緊張した。

隆勝はかぐやの命など、いかようにもできる地位と財を持っている。それをまざまざと見せつけられているようで、死を待ち望んでいたというのに胃が絞られるようだった。

だが、ここで期待がむくりと顔を出す。助けてくれたのも事実だと、もうひとりの自分が甘言を囁くのだ。傷つくのはもう嫌なのに。

「奥方様をお連れしました」

迎えの者が門前で声をかけると、少しして中から四十後半くらいの女性が出てきた。

一切の乱れがない黒の垂髪、きっちりと着こなしている薄青の小袖、その上に羽織っている菊柄の濃藍の小袿、緋袴。扇で口元を隠しているので目元しか見えないが、深藍の瞳から滲み出る知的さ。一言で表わすなら隙がない女性だった。

かぐやは彼女の一声を緊張しながら待つ。

「お待ちしておりました、かぐや姫様。わたくしは菊与納言、隆勝様に仕えております女房です」

はきはきと自信に満ちた喋り方で、菊与納言は名乗った。

品があると思ったが、女房ならば納得がいく。

女房名に『納言』とあることから、納言職に就いている身内がいるはずだ。

この金鶏国において納言は太政官の三大臣の下で、七つの島邦に派遣された邦司の監督を担う『大納言』と実際の政務を担う省を監督する『少納言』のどちらかを指す。

高官の身内を持つであろう菊与納言は、恐らく祇王家か蘇芳家の出身。身分の高い侍女だ。自分のような庶民を姫様などと敬うような立場の人ではない。

「あの……私を姫様などと、お呼びにならないでください。私は竹取の娘です。菊与納言様に出迎えて頂けるような身分にありません」

恐縮しながら下を向いていると、素早く扇を畳む音がした。

「やりなおし！」

厳しい声と共に、ぺしっと肩を扇で叩かれる。「えっ」と瞬きを繰り返しながら顔を上げれば、菊与納言がかぐやに凄んでいた。

かぐやは頭から冷水をかけられた気分で突っ立つ。

なにか粗相をしてしまったのだろうか。だとしたら罰を受けなければ。折檻を覚悟して、強く目を閉じると——。

「あなたは隆勝様の奥方になられたのです。そうなれば、あなたもわたくしの主人。たとえどんな出自であろうと、黒鳶大将の妻として振る舞っていただかなくては！」

いっこうにやってこない痛みに、かぐやはうっすらと瞼を開く。

「そのように女房に遠慮していては、隆勝様が恥をかかれます！」

相変わらず菊与納言は絵に見る般若のごとき形相をしていたが、忙しく口を動かしているだけで、その手が上げられることはない。有無を言わさず納屋にでも引っ張って行かれ、そこで罰を受けるのだとばかり思っていたかぐやは拍子抜けしてしまう。

「申し訳……ありません」

呆気にとられながらも謝ると、菊与納言はため息をついた。

「謝罪はいりません」

「あ……以後、気をつけ……ます？」

正しい答えができているか、菊与納言の顔色を窺いつつ、かぐやは言い直す。

「わかればよろしいのです。さ、中を案内しましょう」

厳しい面構えが一変して、菊与納言の目尻に柔和なしわが刻まれた。それにほっとしながら、てきぱきと動く菊与納言に促されて屋敷に足を踏み入れる。

光明殿は主人の住む寝殿と妻子が住む東西北の三方に置かれた対の屋から成り、渡殿で繋がっている貴族の屋敷だった。

寝殿の南側には池や庭園が見え、敷地内には馬や牛を飼う厩舎、牛を外した牛車を入れておく車宿、廊の途中に釣りや花見、管絃などを楽しむ釣殿まである。

寝殿や対の屋から少し離れたところには、家の雑用を行う下人が寝泊まりする宿舎や家政を取り仕切ったり主人の身辺を警護したりする従者の詰所——侍所などがある。

かぐやを迎えに来た従者も、そこに詰めているそうだ。

「姫様、馬での旅は大変でしたでしょう」

渡殿を歩いていると、菊与納言が申し訳なさそうに振り返った。

「隆勝様は縁談のことに関しまして、わたくしになんの相談もなく決めてしまわれたもので、今朝、『結婚した。妻が今日あたり屋敷に到着する。あとは頼む』と、まるで仕事の報告のようにおっしゃるだけおっしゃって出仕されてしまったのです」

菊与納言の苦労が滲んだ物言いに、かける言葉が見つからない。迷惑をかけてしまっていることを心苦しく思いつつ、その後ろをついていく。

「本来ならば牛車でお迎えするのが礼儀ですのに、奥方様が本日馬で来られるとお聞きしたときには、白目を剝きそうになりました」

　かぐや自身は馬でも特に気にしていなかったのだが、身分の高い女性である菊与納言からすると、ありえないことのようだ。

「お恥ずかしながら、衝撃のあまり門前でしばらく動けませんで、あとで隆勝様にはきつく灸を据えておきますので」

　主人相手に灸を据えられる菊与納言と隆勝の関係が気になりつつも、問いはしなかった。なにが相手の癇に障ってしまうかわからない。余計な口は出さないほうがいい。長年翁たちと暮らして学んだことだ。

「急ぎ部屋を調えさせましたが、至らぬ点もあることでしょう。わたくしも屋敷内に一室もらっていますから、困ったことがありましたら、遠慮なくこの菊与に言いつけてくださいませ」

「ありがとうございます、菊与納言様」

「いいえ、それがわたくしの仕事ですから。それから、先ほども注意しようと思っていたのですが、わたくしに敬称は不要です。菊与納言とお呼びください」

「は、はい……菊与納言」

　菊与納言は「よろしい」と言って笑む。

　親切な女房に張りつめた糸が緩みそうになるが、お咎めを受けることのないように気を引き締めなければ。

胸の前でぎゅっと両手を握り、己を戒めていると、菊与納言はかぐやの緊張を察したのだろう。

「隆勝様は根っからの武人ですので、女性への気遣いに関しましては至らないところもあるでしょう。ですが、なにがあろうと、必ず姫様を守ってくださるはずです。どのようにして決まった縁談なのかは存じませんが、それはこの菊与納言が保証いたします」

迷いのない目で菊与納言は言い切ったが……。

『お前のような存在は、どこへ行っても受け入れられない』

媼の言葉がどこからか聞こえてくる気がした。

隆勝はかぐやを妻にしたくて娶ったわけではない。妖影憑きかもしれないかぐやを監視するのに、夫婦の関係がうってつけだったのだ。大切に守るどころか、いつ討伐するか、その機を窺っているのだ。きっと……。

「信じられませんか？」

事情を知らない菊与納言が顔を覗き込んでくる。

菊与納言は、かぐやが結婚に不安を抱いていると勘違いしているのだろう。だからか、どうにかしてかぐやの気持ちを軽くしようと身の上話をし始める。

「わたくしは三十のときに又従兄妹にあたる祇王家の夫と結婚しましたが、夫婦になって一年も経たないうちに夫を病で亡くしました」

「え……」

まず、菊与納言が結婚していたことに驚いた。女房は大抵が結婚すると、勤め先の屋敷を出て夫の家に入るのだと耳にしたことがあったからだ。子が生まれれば、そのまま仕事に復帰することなく自屋敷で暮らす者がほとんどらしい。

「すぐに新しい縁談を勧められたのですが、わたくしは夫以外の殿方と添う気はありませんでしたので、何度も断っておりました。そうしましたら、ついに父から縁を切られそうになってしまいましてね」

菊与納言は淡々と話しているが、なかなかに壮絶な話だ。かぐやは相槌(あいづち)も打てず、ただ耳を傾ける。

「いっそ出家し、尼にでもなろうかと思っていましたところ、隆勝様がうちに来いと言ってくださったのです」

詮索(せんさく)はしないと決めていたのだが、隆勝がどうして急に菊与納言を自分の屋敷に呼んだのかが気になり、口を挟んでしまう。

「菊与納言と隆勝様は、もともとお付き合いがあったのですか？」

「ああ、それを話していませんでしたね。わたくしは祇王家の娘で、漢文を読みこなすことができました。その能力を先帝に認めていただき、その頃、三歳であられた隆勝様の女房となったのです」

そこでふと、菊与納言は目を伏せる。

「隆勝様はお母上様が端女(はしため)であったために、宮中では非常に難しい立場にあられました。

先帝の一夜の迷いで授かってしまったお子は、皇族の恥。お生まれになってすぐに命を奪われてしまう運命にあったのです」

今では立派に黒鳶大将を務めている隆勝に、そのような過去が……。望んで端女の子になったわけではないのに、なんと理不尽なことか。今の地位に落ち着くまでに、とても苦労をしたのだろう。

「ですが、そこで突如として現われた光の矢が隆勝様をお救いしたそうです。そのときだけでなく、まだ三歳でした隆勝様と天誠帝が紅葉狩りに行かれて妖影に襲われた際にも」

どくんっと心の臓が音を立てる。それって……。

『俺は二度、あの光の矢に命を救われた。俺はずっと探していたのだ。自分を救った力がなんなのかを』

隆勝の言葉が脳裏によぎった。

(あれは、このことを言っていたのね)

けれど、まったく覚えがない。かぐやと隆勝は十一も歳が離れている。隆勝が赤子の頃も三つの頃も、かぐやはこの世に存在していない。隆勝を助けることは不可能なのだ。そうなると、かぐやと同じ力を持った別の者が隆勝を救ったことになるが……。

「先帝は妖影蔓延る地上を救う光という意味を込めて、隆勝様を『光宮』と名付け生かしました。ですが、いくら神光に守られているとはいえ、端女の子にはなんの後ろ盾もありません」

皇族や公家(くげ)の人間にとって、出世を後押しする後ろ盾は重要だ。それがないとなると、いくら先帝の血を引いているとはいえ、端女の子では末端貴族に落ちぶれるのが相場だろう。田舎者のかぐやでも、そのくらいのことはわかる。

「幸いにも隆勝様を大切にされていた天誠帝の助言あって、年端も行かぬうちから地上を救う光として妖影と戦う黒鳶に入ることが定められたのです。そうして隆勝様は十二の元服の際に臣籍降下し、祇王の氏を賜り、この屋敷を与えられました」

幼い頃に黒鳶として生きることを定められ、僅(わず)か十二でこの広い屋敷にひとりで……。なんとも言えない感情が胸に込み上げてくる。

普通の皇族であったなら、宮中で肩身の狭い思いをすることもなく、安全な屋敷で歌でも詠みながら裕福な暮らしができただろう。生まれたときから、運命は決められてしまうものなのだろうか。かぐやが生まれたときから、妖(あや)しの姫であるように。

「隆勝様の元服を見届け、結婚し、宮城を離れたわたくしが女房としてこの屋敷に入ったのは、その頃です。わたくしの出家の噂をお聞きになった隆勝様からお声がかかり、この仕事を続けることができました」

「そうだったのですね……」

金鶏国では十六、七で結婚する者がほとんどだ。先帝から声がかかるほどの才女であった菊与納言の初婚が遅かったのは、幼い隆勝を支えるためだったのかもしれない。

「あの、隆勝様のお母上様は、ここで一緒に住まわれてはいないのですか？」

その問いに菊与納言は一瞬、話すのを躊躇うような様子を見せた。聞いてはいけないことだっただろうかと心配になっていると、菊与納言はどこか思いつめたように言う。

「隆勝様の奥方であるなら、知っておいたほうがよろしいでしょう。お母上様は……行方不明なのです」

「……！　そんな、なぜ……」

「隆勝様をお産みになられてすぐ、姿を消してしまったそうで……先帝をたぶらかした罪で殺されたのか、望んで身籠った子でなかったゆえに捨てて逃げてしまわれたのか、真実はわかりません」

殺されたにせよ、捨てられたにせよ、どちらの真実も受け入れがたい。

隆勝もかぐやも生まれ持った血や力——運命に翻弄されている。それなのに、初めて会ったときに見た隆勝の目は絶望していなかった。強い意志の輝きを放っていて、かぐやには眩しいくらいだった。なぜあんなにも凛然としていられるのか。それが知りたかったからかもしれない、必要以上に踏み込んだ質問をしてしまったのは……。

「隆勝様は亡き夫を想うわたくしの気持ちを汲んでくださり、女房として仕事を続けさせてくださった恩人。そして、幼い頃からお仕えしておりますゆえ、恐れ多いですが我が子も同然と思っております。わたくしは子を授かる前に夫を亡くしましたから、余計に世話を焼いてしまうのです」

菊与納言が心から隆勝に感謝していることは、言葉の端々や表情から十分伝わってくる。あの厳めしい顔つきからは想像できないが、隆勝は懐が深い人なのだろう。

「ですから、あの方の女房としての贔屓目もあるかもしれませんが、姫様の拠り所になってくださるはずです」

隆勝が優しい人であるのは間違いないだろう。ただ、真心を尽くしたのは相手が菊与納言だからだ。妖影憑きかもしれない自分に対しても同じようにとはいかないだろう。

隆勝をこんなにも思っている菊与納言にそれを言えるはずもなく、かぐやは曖昧な笑みを返すことしかできなかった。


夕餉は北の対で、ひとりでとった。

屋敷に来てすぐに厳しい監視をつけられるのだろうとばかり思っていたのだが、菊与納言の案内が終わったあと、かぐやは枷をはめられたり、牢に閉じ込められたりすることもなく、与えられた自室で過ごしている。

『隆勝様がお戻りになるまで、おくつろぎください』

菊与納言はそう言って、茶菓子や書物を運んできたりと甲斐甲斐しく世話を焼いてくれた。こんなにも自由に過ごしていていいものなのかと困惑してしまうくらいだ。

隆勝のいる黒鳶隊は朝晩問わず妖影討伐に駆り出されるほど激務らしく、食事も時間が合わないからと個々の部屋でとるように説明があった。

菊与納言の話では、隆勝は休日も仕事を持ち込んで、あまり部屋から出てこないのだとか。

(隆勝様はいつ戻られるのだろう)

隠岐野の屋敷で出会ってから日も経っている。その間に隆勝の考えが変わって、やはりあのような妖しの力を使う女は妖影憑きだと、自分を討ってはくれないだろうか。心を殺して生きるのも、他者を不幸にして生きるのにも疲れた。

(早く、解放してほしい)

菊与納言は屋敷内は好きに出歩いていいと言っていた。気分転換がしたくなったかぐやは腰を上げ、ゆっくりとした足取りで庭へ出る。

立派な池にかかる橋の上までやってくると、夜の空気を深く吸い込んだ。

季節は春、薄紅色に染め上げられた桃の木は華やかで、濃紺の空によく映える。さながら桃源郷のような景色が広がっていた。

だが、かぐやの関心はすぐに花から逸れる。見れば苦しくなるとわかっているのに、懲りずに仰いでしまうのは……月だ。

どんなに知りたいと願っても、この胸に迫ってくる感情がなんなのかがわからない。それを確かめずにはいられず、何度も何度も月を仰ぎ、やはり答えは見つからなくて、もどかしくて心の臓が痛み出す。

じんわりと滲んだ涙で、目の前がぼやけていった。そのとき——。

「お前は、いつもそうして月を見上げているのか？」

重厚感のある声がして、勢いよく振り返る。そこには黒鳶装束に身を包んだままの隆勝がいた。

「あ……」

それきり、声が出ない。視線は自然と隆勝の腰にある太刀に向いてしまう。

あの太刀で一思いに斬り殺してくれればいいのに。化け物の自分を守ってくれたこの人に、浅ましい期待を抱いてしまう前に。

早くこの苦しみから解放されたい。その瞬間に焦がれているかぐやに、無表情なまま隆勝が近づく。

射貫くような目で見下ろされ、心の臓が止まってしまいそうになった。獰猛な獅子を前にしているようで、かぐやは息を詰める。

それを感じ取ったのか、隆勝はふいっと横を向いて呟いた。

「……俺は、お前を取って食ったりはしない」

「え……」

かぐやが妖影憑きだと確信できれば、殺す気だったのではないの？　でなければ、隆勝はなんのために、かぐやを妻にしたのだろう。

疑問がいくつも湧いてくるが、自分から尋ねる勇気はなかった。

（もしかしたら、本当に私を必要としてくれた？）

そんな自惚れが自分の中にあること自体が恐ろしい。うっかりそんなことを聞いて拒絶されてしまったら、どうするつもりなのか。心が粉々に砕けてしまうというのに。

「急な申し出だというのに縁談を受け入れてくれたこと、まずは感謝する」

隆勝に頭を下げられ、かぐやはなにを言われたのか一瞬理解できなかった。

つい先ほどまでは、かぐやが妖影憑きか見極めるための結婚だと思っていたので、隆勝に会ったらすぐにでも素性を明かせと、詰問されるのだと思っていた。答えられなければ黒鳶に連行し、無理やりにでも吐かせるのだろうと。

そんな予想に反して、礼儀正しく感謝するなどと言われ、戸惑いは増すばかりだ。

「この結婚の目的について、お前にはしっかりと説明しておこうと思う」

緩みかけていた緊張の糸が一気に張り詰めた。ついに自分の処遇が決まるのだと、脈が尋常でないほど速くなり、口内がからからに乾く。

隆勝はかぐやをまっすぐに見つめ、静かに告げた。

「お前を黒鳶に入れるためだ」

「……私を、ですか？」

今度はさすがに、聞き返さずにはいられない。

（妖影憑きかもしれないと疑っているのに、なぜ……？）

隆勝の考えがまったく読めない。

「黒鳶は妖影を狩るのが任務だ。女には過酷な職務になるだろう。だが、お前の力があれば、妖影に憑かれた人間を殺さずに救うことができる」

確かにかぐやは、あの天月弓の力で妖影憑きになった嫗の妖影だけを射貫き、変わり果てていた嫗の身体を元に戻すことができた。

つまり、かぐやの力が目当てで縁談を申し込んできた……？

隆勝が桁違いの金貨と貢ぎ物を贈り、かぐやを欲した理由にようやく納得した。

翁たちはかぐやに貴族から縁談話が舞い込んでくるようになると、よりいい家柄の夫との結婚を望むようになった。隆勝ほどの地位と申し分ない貢ぎ物がなければ、翁たちはかぐやを手放さなかっただろう。けれど、困ったことになった。

「あの……申し訳ありません。あの日が特別だっただけで、あの力は普段、自分の意思では使えないのです。きっと……お役に立てません」

「だが、一度はできただろう。初めからなんでもできる人間などいない。任務に加わりながら、どういう状況下なら力をうまく扱えるのか、模索してみればいい」

翁と嫗は一度でもかぐやが粗相をすると、ひどく罵倒した。だが、隆勝は初めからうまくできなくてもいいと言う。

（懐が深い方……）

また、じんわりと胸が温かくなった。隆勝が落とす言葉は、翁と嫗から浴びせられたものとは違った意味で、かぐやの心を揺り動かしていた。

「黒鳶に力を貸してくれるのならば、自由にしてくれてかまわない。周りの目もある。

すぐにとはいかないが、お前が望めばいつでも離縁するつもりだ。むしろ、俺もそのほうが助かる。女に現を抜かす時間はないのでな」

　利用しているという意味では、隆勝も翁たちと同じだ。

だが、檻に入れられるわけでもない、妻としての務めを強要されるわけでもない。翁と媼のところにいたときよりも、優遇されている。けれど……。

（それは、私の望む自由ではなかったはず）

　どんなに愛されたいと、ありのままの自分を受け入れてほしいと望んでも叶わなかった。手に入らないものを欲しがり続けるのは苦しい。でもやめられないから尽くし疲れて、この世界から解放されたいと願ったのではなかったのか。

「おい、聞いているのか」

「あっ……は、はい。隆勝様がそれでよろしいのなら……」

　離縁されたとしても、求められる働きができなくて捨てられたとしても、なにも変わらない。元々いた鳥籠に――媼たちの元に戻るだけだ。

（おばあさまの言う通りだった。私みたいな化け物を隆勝様はずっとそばに置く気はなかった。私の居場所なんてなかった）

　菊与納言は隆勝が拠り所になってくれるはずだと言ってくれたが、隆勝はこの結婚を長引かせるつもりはなさそうだ。一度助けてもらっただけで、自分を受け入れてもらえるかもしれないなんて考えてしまうから、こうして傷つく。

もしかしたらなんて期待は胸の奥に閉じ込めて、固く錠をかけてしまわないと――。

かぐやが籠の外に出ようとする心を抑え込んでいると、隆勝が眉間（みけん）に皺（しわ）を寄せた。

「異論のひとつもないのか」

逆になぜそのようなことを聞くのか、問い返したい気分だった。

隆勝はかぐやを黒鳶に入れたくて、高価な貢ぎ物まで用意して嫁にした。翁と媼はその対価を受け取っているので、かぐやに拒否する権利などないはずだ。

それにかぐや自身もこの状況を受け入れている。目的は果たしたはずなのに、隆勝はかぐやの返事が気に入らない様子だった。

（隆勝様は一体、どんな答えを望んでいるの？）

翁と媼が相手なら、どんなふうに返事をすれば怒らせないのか、機嫌がよくなるのかがわかった。だが、隆勝は違う。求めているものがわからない。

困り果てている間も、隆勝の視線はかぐやを捕まえたままだ。返事を待っているらしい隆勝に、かぐやは渋々答える。

「私に……断る権利はありません」

「なぜだ」

「それは……おじいさまとおばあさまは、隆勝様からの貢ぎ物を受け取りました。私はその報酬で買われた道具です。隆勝様の物になった以上、私の処遇は隆勝様がお決めになるのが道理ですから……」

これは翁と媼に、ここまで育ててもらった恩返しをするための結婚だ。死ぬことが叶わないのなら、翁と媼のために大金を積んだ隆勝に報恩を尽くさなくてはいけない。生かすも殺すも、捨てるもそばに置くも、持ち主である隆勝次第だ。

「お前は……あの家にいたときも、今も、抗おうとは思わないのか」

隆勝は不機嫌そうだった。

(おじいさまとおばあさまなら、先ほどの答えで満足してくれたのに……)

正解が本気でわからず焦っていると、隆勝は背を向けてしまう。

「わかった。それがお前の答えか」

まるで期待外れだ、そう言われているように聞こえた。

「鳥籠の錠は開いているというのに、自ら飛ぼうともしない。言われるがままに鳴き、愛でられるだけで満足だというのなら、お前はただ美しいだけの人形だ」

「……っ」

「餌を与えられなければ生きていけないような雛鳥は、飼い主を失えばひとりで生きていけない。それでも成長することを諦め、運命に流されるままに死ぬつもりか」

隆勝に突きつけられた言葉が胸に深く突き刺さる。

「明日、共に出仕する。辰一刻までに支度を済ませておけ」

かぐやへの興味をなくしたのか、隆勝は去っていく。その背を見送りながら、かぐやは立ち尽くすしかなかった。

「人形……飼い主がいなければひとりで生きていけない……」

そんなの自分がいちばんよくわかっている。

「運命に抗う方法なんて、私は知らない……」

虚しい呟きが、ふっと溢れた嗚咽に呑み込まれる。悔しいからなのか、それとも悲しいからなのか、一緒に流れた涙の意味が自分でもよくわからなかった。

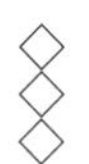

かぐや姫を置いて、渡殿を歩いていた隆勝はふと足を止める。

「自分は買われた道具だから、俺にどのように扱われても文句のひとつもないと？」

面白くない答えだと思った。自分の意思ではどうにもならないと、悟っているあの目には覚えがある。かつて、宮城に居場所がなかった頃の自分と同じだった。

だからといって、『美しいだけの人形』などと言ったのは、我ながら最低だ。勝手に自分の過去をかぐや姫に重ね、熱が入ったのだ。その結果傷つけては、元も子もないというのに。

どのみち、あとの祭りだ。今だけは、息をするように女を褒めちぎれる海祢の口の軽さが羨ましくなる。

理不尽に虐げられる娘を解放してやるべきだと思った。だが、翁らのもとから連れ出してみたものの、かぐや姫は自由を手に入れたとは思っていない。

「俺は、お前を自分の物にしたつもりはなかったのだがな……」

かぐや姫の力が目当てで嫁にした以上、利用したのと同じこと。だからといって、あの娘の尊厳も意思も奪い、道具のように扱うつもりは毛頭ない。

(俺はあの娘になにをしてやればいい。どうすれば、あの諦めに満ちた瞳に光を差し込める)

いくら考えても良策は浮かばず、隆勝は重いため息をつく。途方に暮れながら月を仰げば、置き去りにしてきたかぐや姫の顔が否応なしに浮かんだ。

出会ったとき、あの娘は月を見て泣いていた。では今も、人知れず涙を流しているのだろうか。そう思うと、どうにも胸が落ち着かなくなった。

二章　初任務

翌日、朝餉を取ったあと、かぐやは菊与納言から渡された黒鳶装束に着替え、屋敷の門まで向かった。見送りのためか、すでに門前にいた隆勝の隣には菊与納言の姿もある。

「まあっ、袴姿もお似合いになりますね」

菊与納言は感嘆の声をあげるが、かぐやは慣れない格好にどうにも落ち着かない。思わず俯けば、自分の着ている黒鳶装束が目に入る。

黒の小袖の上から纏うは白の打掛、その背にある金鵄の紋やちりばめられた羽の刺繍、菊綴や袖括の緒はすべて金色に統一され、袖には鳥の翼を模した切り込みが入っている。下には黒袴を穿き、頭は下げ髪にして丈長で結った。

「そうは思いませんか、隆勝様」

菊与納言は隆勝を見るが、当人は我関せずとばかりに目を閉じている。

「……俺にそういう話題を振るな」

「なにをおっしゃいます、女性は褒めて美しくなるものなのですよ」

昨日、かぐやと隆勝は気まずい空気のまま別れている。その状況で容姿を褒めるというのは気が引けるのだろう。隆勝が黙り込むと、事情を知らない菊与納言は静かな怒りを顔に漂わせ、あろうことか扇でぺしりと主人の額を叩いた。

「お姿ひとつ褒められないで、どうして姫様の心を繋ぎ留めておけましょうか！」

これは見慣れた光景なのだろうか。厩舎で馬の世話をしている下人たちは「またやられてるよ」「御館様も懲りないねえ」と微笑ましそうに見守っている。

「女性全員にそうしてくださいと言っているのではありません。せめて姫様には、愛想を尽かされないようにいたしませんと」

隆勝は苦い面持ちをしているが、反論はしない。菊与納言には頭が上がらない様子だった。菊与納言が隆勝を我が子同然に思っているように、隆勝にとっても菊与納言は母のような存在なのかもしれない。血の繋がりがなくとも気兼ねなく接することができる関係を少しだけ羨ましく思いながら、かぐやはふたりを眺めていた。

「それにしても、なにも被らなくてよいのですか？　女性たるもの、むやみに顔を見せるものではありません。今から笠をお被りになったほうが……」

「垂衣で妖影を見落とされては困る」

「隆勝様、姫様が黒鳶に入らなければならない理由は存じませんが、殿方と同じように町中を走り回ったり、太刀を振るったりさせないでくださいませね？　何度も言いますが、姫様は繊細な女性なのですから、殿方と同じように扱われては困ります」

小言が止まらない菊与納言と、やや圧せられている隆勝を交互に見て、かぐやは慌てる。気遣ってくれるのはありがたいのだが、自分のことで隆勝が責められていると思うと落ち着かない。かぐやは耐えきれずに割り込む。

「私はもともと平民ですから、気になさらないでくださ……」

菊与納言が鬼の形相でこちらを向き、かぐやは続きの言葉を紡げなくなった。

「隆勝様に嫁いだ時点で、姫様は貴族になられたのです。昨日もお伝えしたかと思いますが、自覚を持っていただかなくては！」

菊与納言の背後に般若(はんにゃ)が見える。怒られているのに、なぜだろう。少しも怖くはない。翁(おきな)と媼(おうな)に叱られているときは早く終われと何度も心の中で願っていたのに、今は聞いていたいとさえ思うのだ。

「かぐや姫様？　聞いていらっしゃるのですか？」

自分の感情に戸惑っていると、目を吊(つ)り上げた菊与納言の顔がかぐやに迫る。

「……！」

危うく心の臓が止まりそうになった。我に返ったかぐやは慌てて、こくこくと頷(うなず)く。

それを見ていた隆勝が疲れたように、ため息をついた。

「菊与納言、説教はそこまでにしてくれ。出仕の刻限に遅れる」

「そうはおっしゃいましても、姫様が顔を出すことに反対なのは他にも理由が……」

悩ましげになおも食い下がる菊与納言だったが、時が迫っているからだろう、

「いえ、長らくお引き留めして申し訳ありません」

菊与納言は自分の主張を引っ込め、低頭した。

「隆勝様、しっかり姫様をお守りくださいませね。特に町中を歩くときは目を離してはなりませんよ」

「……わかった」

「それではいってらっしゃいませ、隆勝様、かぐや姫様」

心配そうに一礼する菊与納言に見送られて、かぐやと隆勝はようやく屋敷を出発するのだった。


働く商人や民の雑然たる声が朝の大路に飛び交っている。

上流貴族が牛車を使わず移動することはほとんどないのだが、隆勝は違った。慣れた様子で人の間を縫うように進む隆勝に、かぐやは必死についていく。

「宮城までそう遠くない。巡回も兼ねて歩いて行く」

出仕の途中ですら妖影を狩ることを考えているなんて、隆勝は本当に仕事人間らしい。

前を歩く隆勝は辺りに厳しい視線を向けている。隆勝の威圧感のせいか、着ている黒鳶装束が目立っているせいか、町民の中には彼に気づくと目を合わせないようにしたり、店内に隠れたりする者もいた。

「妖影は夜に出没することが多いが、日中も現れないわけではない。油断せず、周囲に目を走らせることが重要だ」

「っ、はい」

隆勝のあとを追うかぐやは、いよいよ小走りになり、息を切らしながら返事をした。というのも隆勝は歩幅も大きく、歩くのも早い。距離がだんだん開いていっているのだ。

「あっ……」

見失わないようにと隆勝の背ばかり見ていたせいで、足元への注意を怠った。皮履のつま先がなにかに引っかかり、かぐやは往来のど真ん中で転んでしまう。

「……っ」

地面についた手のひらと膝を擦り剝いた。ずきずきとした痛みを感じながら、はっと顔を上げる。急いで隆勝の姿を捜すが、もう人混みに紛れてしまっていて見つからない。

（どうしよう……）

かぐやひとりでは外巣まで行けない。隆勝は戻ってきてくれるだろうか。一緒に歩いているとき、一度もかぐやを振り返らなかった。

（ただ、あとをついて行くことすらできないなんて……）

ずっと籠の中にいた自分が外の世界でできることは、あまりにも少ないのだと思い知る。黒鳶に入ったとしても、足を引っ張るのは目に見えていた。

いくら特別な力があったとしても、役立たずだとわかれば納屋にしまわれていたときのように捨て置かれてしまうだろう。不甲斐なさに俯いていると、

「おい、見てみろよ」

「ほへ～、えらい別嬪さんがおるな」

　大路に座り込んでいるかぐやの周りに人が集まってきた。見世物のようにじろじろと見下ろされ、冷や汗が全身に滲み、くらくらする。

（気持ち……悪い……）

　うっと吐き気を催し、着物の袖で口を覆うと、ひとりの男が目の前にしゃがみ込んだ。

「おい、あんた。気分が悪いのか？　俺が屋敷まで送ってやるよ」

　親切に声をかけてくるが、男は下品な笑みを浮かべている。世間に疎いかぐやでも、関わってはいけない類の人間だとわかった。

「いえ……大丈夫です」

「そう遠慮せずに――」

　強引に腕を摑まれ、「嫌っ」ととっさに男の手を振り払う。それでも男は「いいからいいから」と手を伸ばしてきた。

『この役立たず！　疫病神が！』

　蘇る罵倒。手を上げる翁と目の前の男の姿が重なって見え、呼吸が浅く速くなり、心の臓の音がばくばくと鳴りだす。

（誰か……っ）

　目に涙が滲んだそのとき、男の腕をがしっと誰かが摑んだ。

「俺の妻になに用か」

視線を上げれば、太陽を背に立つ隆勝がいた。腕を掴まれている男は顔を歪め、「いててて っ」と悲鳴をあげている。

「よもや、乱暴を働いていたわけではあるまいな」

隆勝の凄みのある目で見据えられた男は、声も発せないほど凍りついていた。

「あれって隆勝大将じゃないか？」

「よりにもよって隆勝大将の嫁さんを引っかけようとしちまうとはな」

「くわばらくわばら、声かけなくてよかったぜ」

群がっていた男たちが蜘蛛の子を散らすように退散していく。

「隆勝大将の奥方様とは知らず、も、申し訳ありませんでした！」

隆勝に腕を掴まれていた男も逃げ去っていった。だが、かぐやの動悸は治まらない。

「はあっ、はあっ……」

息苦しくて着物の合わせ目を握り締めていると、「おい」と隆勝が屈む。

「……っ」

いきなり近づかれ、思わず息を詰まらせてしまった。

隆勝は怪訝そうに眉を寄せ、どうしたものかと後頭部に手を当てると、静かに地面に片膝をつく。

「まずは深呼吸をしろ。ひどく息が乱れている。そのままでは倒れるぞ」

言われた通りにすると、次第に呼吸が整い、鼓動が落ち着いてきた。

「もう平気か？」

大丈夫だと首を縦に振って答えれば、なぜか隆勝は軽く頭を下げる。

「すまなかった」

「え？」

かぐやは顔を上げ、目をぱちくりさせる。

自分が勝手にはぐれただけなのに、なぜ隆勝が謝るのだろう。

「菊与納言がやけに念を押していた理由に今さら気づいた。お前の容姿は目立ちすぎる。いや、それ以前に魅入られる……というのだろうか。ともかく、考えが至らなかったのは俺の落ち度だ」

悪目立ちして迷惑をかけているのはこちらだ。頭を下げなければいけないのは、かぐやのはずなのだが、隆勝のほうが心苦しそうに尋ねてくる。

「怪我は？」

少し手のひらと膝を擦り剝いたが、この程度なら報告するまでもない。かぐやはふるふると首を横に振る。

「なにか、されはしなかったか」

誠実にかぐやを案じる眼差(まなざ)しが向けられ、取り乱していた気持ちが少しだけ落ち着く。

こくりと頷くと、隆勝の顔にも微(かす)かに安堵(あんど)の色が広がった。

「なぜ、俺から離れた」

離れたわけではないのだが、隆勝からしたらかぐやが急にいなくなったように感じられたのかもしれない。きちんと説明しなければと、恐る恐る口を開く。

「申し訳……ありません。私の歩みが遅く、隆勝様に追いつこうと走っていましたら、躓いてしまって……。その間に隆勝様を見失ってしまいました」

それを聞いた隆勝は困ったように「ううむ……」と唸った。考えあぐねるように視線を落とし、やがてかぐやを捉える。

「お前を気遣えていなかった俺にも落ち度はあるが、お前も俺が歩くのが速いなら、なぜそう言わない」

「それは……そのようなことで、隆勝様を呼び止めるのが申し訳なく……」

「頼らなかった結果がこれだろう」

正論だったのでなにも言えずにいると、隆勝はため息をついた。

「俺は気が回るほうではない。お前が助けを求めなければ、危険に巻き込まれていても気づいてやれないこともある。それゆえ、今度からはちゃんと声をあげろ。いいな？」

「はい……」

今まで誰かに助けを求めたことがなかったので、気づかなかった。困ったら声をあげてもよかったのだ。いきなり実行できるかどうかはわからないけれど、隆勝の言うように迷惑をかけるくらいなら、きちんと頼らなければ。

「……手を」

隆勝が手を差し伸べてくる。その瞬間、先ほど男に乱暴に腕を摑まれたのを思い出し、息が詰まった。

(隆勝様は、私を立たせようとしてくれただけなのに……)

身を縮こませてしまうかぐやに、隆勝はぴたりと動きを止める。

「……ひとりで立てるか?」

かぐやが怯えているのに気づいたのだろう。隆勝はかぐやの無礼な反応を怒るでもなく、責めるでもなく、先に立ち上がってただじっと待ってくれていた。

かぐやは肯定の意味を込めて頷き、なんとか立ち上がる。すると、隆勝は前を向いたまま言う。

「触れられるのが怖いなら、俺の服でも摑んでおけ。また、はぐれられたら困る」

面倒ばかりかけてしまって気が引けるが、隆勝の言葉が素直に嬉しかった。恥ずかしさもあったが、二度も隆勝の手を煩わせるようなことはあってはならない。

躊躇いがちに隆勝の着物の袖の端をちょこんと摑んだ。

「行くぞ」

隆勝に引っ張られるようにして歩き出す。少しして、自分が駆け足でないことに気がついた。

(歩幅を合わせてくれている……?)

目の前の広い背中はなにも教えてはくれないが、隆勝が壁になってくれているお陰で、周りの人たちの視線が気にならない。気分が悪かったのが嘘みたいに心が凪いでいるのは、隆勝のおかげだ。

胸に春風がそよいだような気持ちだった。飽きもせずその背中を見つめていると、ふと隆勝が様子を窺うようにこちらを見た。ちゃんとついてきていることに、ほっとしたのだろうか。視線が重なった瞬間、隆勝の目元が和らぎ、温度を帯びる。

特に会話があるわけではない。親鳥のあとを追う雛鳥のごとく、隆勝についていく。心休まる暇がなかったかぐやにとって、この穏やかな時間は間違いなく癒しだった。

昨日の隆勝はかぐやを『人形のようだ』『飼い主を失えばひとりで生きていけない』と散々に言ったのに、今日の隆勝は本気で申し訳なさそうに『すまなかった』と謝ってくる。力が目的で縁談を申し込んできたり、はぐれたら迎えに来てくれたり……。怖くて優しい隆勝という人が、初めて見た空のように新鮮だった。

着物越しに繋がることを許してくれた隆勝の真意を理解したい。そんな思いが胸に芽生え始めているのは確かだ。

隆勝と共に黒鳶堂に出仕すると、隠岐野の屋敷で会った海祢中将と見たことのない少年がいた。平緒の色からするに少将だろう。

室内に足を踏み入れた途端、ふたりの視線が自分に集まるのがわかり、金縛りにでもかかったように身体が固まる。

「よくぞいらっしゃいました、我らが姫君」

海祢中将が真っ先に近づいてきて、かぐやの緊張をほぐすように恭しくお辞儀した。

彼はひと言で表わすならば好青年という印象で、女ならば誰もが見惚(みと)れるであろう貴公子だ。

「俺は笹野江海祢、黒鳶中将です」

笹野江……確か中流貴族の氏だったはずだが、親しみやすい空気を纏(まと)っているせいか、少しだけ肩の力が抜ける。

「このようにむさ苦しいところにお呼び立てして、申し訳ありません。あなたのような姫君には相応(ふさわ)しくない職場だというのに、そうも言っていられないのが心苦しいですね」

迷惑とは思っていないけれど、海祢中将はかぐやが黒鳶に入ることに賛成していないようだった。

「困ったことがあれば、遠慮なく頼ってくださいね。それはそうと――」

海祢中将は一旦(いったん)言葉を切ると、なぜか一歩下がった。顎(あご)に手を当て、かぐやの頭のてっぺんから足先までをまじまじと見つめる。

「初めてお目にかかったときの色彩豊かな着物も捨てがたいですが、今の黒鳶装束に身を包んだかぐや姫もお美しい。姫はなにを着ても絵になりますね。姫に着られた服のほうが喜んで輝いているようです」

畳み掛けるような賛辞の数々と海祢中将から向けられる熱心な視線に耐え切れず、かぐやはさっと隆勝の背に隠れた。すると、驚いたように隆勝が振り返る。その顔には〝なぜ俺の後ろに隠れる〟と書いてある。

「あ……私、えと……」

先ほど大路で助けてもらったからだろうか、無意識に頼ってしまった。おずおずと隆勝の隣に戻ろうとすると──。

「そのほうが落ち着くのか」

ぶっきらぼうな隆勝の問いに、かぐやは思わず足を止めた。躊躇いながらも頷き、隆勝の顔色を窺うが、特に変わりはない。

「なら、そうしていろ。問題が大きくなる前に頼れと言ったのは、俺だからな。お前はそれに従った。そうだろう？」

かぐやが迷わなくていいように、断言してくれたように聞こえた。だから言い方はきつくとも、気遣いを感じる。隆勝の顔を見つめても、先ほどのように身体が萎縮(いしゅく)しないのはそのせいだろう。

戸惑いながらも少しだけ隆勝の後ろに隠れれば、それでいいとばかりに頷き返してくれた。

「まるで親鳥と雛鳥ですね」

かぐやたちのやりとりを見ていた海祢中将は、なぜか微笑ましそうな顔をしている。

「女性(にょしょう)の扱いに慣れていない隆勝のことなので、ふたりがうまくやれるのか心配していたのですが、杞憂に終わりそうです。仲睦まじくてなにより」

「人のことを言える口か。今警戒されているのは、お前のほうだ」

隆勝は見るからに呆れていたが、海祢中将はまったく気にしていないようだった。

「さて、少将殿？　いつまでそうして、かぐや姫に見とれているつもりですか？」

海祢中将に話しかけられてようやく、少将は我に返ったらしい。その顔はみるみるうちに赤くなっていく。

「見とれてなんていません！」

少将の叫びが黒鳶堂に響き渡った。それが恥ずかしかったのか、少将はかぐやと目を合わさずに名乗る。

「……蘇芳凛、黒鳶少将です」

蘇芳の氏ということは、凛少将も二大公家の出身ということだ。黒鳶は高官職なので当然といえば当然なのだが、こうも貴族に囲まれると恐縮してしまう。

（私、ここでやっていけるの……？）

早くも先が不安になる。

「ふふ、初々しい。殺伐とした黒鳶には、こういった潤いが必要ですよね」

「あまりからかってやるな」

隆勝から窘められた海祢中将は、茶目っ気たっぷりに片目をつぶる。

「大将殿がそうおっしゃるなら、仕事の話を始めましょうか。さっそくですが、かぐや姫。黒鳶についてはどこまでご存じですか？」

　いきなり話を振られ、どきっとしつつも知っていることを話す。

「妖影を狩るお仕事……ということくらいしか……」

「概ね合っていますよ。付け加えるならば、帝や貴族の要人警護も行うことがあります。妖影はどこにでも現われますからね」

「要人警護……私、刀は持ったことがないのです。戦えるかどうか……」

　不安を口にすれば、皆が目を丸くする。おかしなことを言ってしまっただろうかと、おろおろしていると、海祢中将が「ぷっ」と吹きだした。

「ははっ、姫君は愉快な方ですね。大丈夫、姫君に武人のような強さは求めていませんよ。妖影を薙ぎ払うのは男の仕事。姫君にはあの力で、妖影に憑かれてしまった人たちを助けていただきたいのです」

　助けていただきたいと言われても……妖影が現われたときに、ちゃんとあの力を使うことができるのだろうか。

　自信がなく下を向くと視線を感じた。そろりと上目遣いで見てみれば、隆勝が静かな眼差しをこちらに送っている。それを不思議に思っていると、隆勝は海祢中将たちに向き直った。

「かぐや姫は今まで無意識下でしか力を使ったことがない。自分の意思で使えるよう、俺たちのほうでも発動条件を探っていければと思っている」

かぐやの不安を感じ取って、代わりに説明をしてくれたのだろうか。

「俺の妻を皆で支えてやってくれ」

海祢中将の喋り方が突然、渋くなる。まさか、隆勝の真似だろうか。

「つまりはそういうことですね。わかりました、お任せください。ふふ、愛ですねえ」

頰を緩めてかぐやたちを眺める海祢中将に、隆勝の目が据わる。

「まだ伝えることが山ほどあるだろう」

海祢中将は隆勝の冷ややかな声を聞いても、おどけたように肩を竦めるだけだった。

「えー、続いて役職に関してですが」

完全に海祢中将の調子に振り回されている。隆勝も凛少将も、懲りないやつだなと言わんばかりの顔をしていた。

「黒鳶は総取締役である黒鳶大将、大将の補佐役である黒鳶中将、現場指揮官の黒鳶少将の三名の上官と、三百名ほどいる下級隊員で構成されています。かぐや姫は黒鳶の姫巫女としてお力添え頂きたいのです」

「黒鳶の姫巫女……ですか?」

「新たに設けた少将に次ぐ上官階級です」

少将に次ぐ地位？　いきなり上官の仲間入りなんて……そんな大役が自分に務まるのだろうか。

重圧に鳩尾のあたりがきりきりと痛みだし、表情が強張るのを感じていると――。

「情けない顔をするな」

隆勝にぴしゃりと咎められてしまった。不快な思いをさせたくはないが、そのような立派な役職をもらっても自分に相応の働きができるとは思えないのだ。

隆勝はますます小さくなるかぐやを一瞥し、ため息をつく。

「なにも、お前ひとりで妖影と戦えと言っているわけではない。任務には必ず、俺たちの誰かと組んで当たってもらう。そう不安がるな」

若干、困り果てたような物言いだった。

力をちゃんと使えるのか悩んでいたときもそうだったが、なぜかかぐやが欲しい言葉がわかるのだろう。表情豊かなほうではないはずなのに。

かぐやが思わず頬を押さえると、やり取りを見守っていた海祢中将が呆れたように笑った。

「心配だって、そう素直に言えないのが隆勝ですよね」

隆勝を見上げれば、渋い顔をしている。

「姫君が不安がるのも無理はありません。男しかいない黒鳶に紅一点という状況だけでも恐ろしいでしょう。ともかく、俺たちのそばから離れないでもらえれば……」

「その過保護さが自分にはなにもできないと思わせることもある。自立心を奪う守り方はよせ」

「まったく、痛いところを突いてきますね」

海祢中将は苦笑した。

「隆勝が言うことにも一理ありますが、俺たち同様の働きをかぐや姫にも求めるというのは酷です」

海祢中将は優しい。けれど自然とかぐやの身体の強張りを解いたのは、その真綿で包むような優しさではなく、隆勝の厳しさだった。隆勝はかぐやの意思も行動も、なにも縛らない。代わりに、その足で立つことを求めてくる。また……嬉しい、と思った。

「まあ、今回の事件は凜少将が手取り足取り、姫君を指導してくれますから、大丈夫でしょうけれど」

(凜少将が……?)

彼のほうを向くと、なぜかむっとした顔をされる。

「今回の任務での姫巫女の世話係を任されました。若輩者ゆえ、僕では力不足だとお思いでしょうが、どうぞよろしくお願いします」

ふてくされたような物言いだった。

「いえ、力不足だなんて……」

「その割に不安そうですけど」

どうやら自分の態度のせいで、指導者が凜少将では不服だと思っているようにとられてしまったようだ。

(そうではないと言わなければ……でも、なんて弁解すればいいの?)

自分の気持ちを説明するのは苦手だ。余計なことを言ってしまうくらいなら、さらなる火種を生まないよう黙っていたほうがいいのかもしれない。そう自分に言い聞かせ、凛少将から目を背けた。

「凛少将は優秀だ。学ぶことも多いだろう」

隆勝に褒められた凛少将は、感激したように瞳を輝かせる。

「……っ、隆勝大将……ありがとうございます！」

この様子からするに、凛少将は隆勝をとても慕っているようだ。隆勝が「期待している」と頷けば、今度は感極まって涙ぐんでいた。

「さっそくだが、凛少将と現場に出てもらう」

隆勝の視線が凛少将から自分に移り、ごくりと唾を呑み込む。

「詳細は向かいながら凛少将に聞け」

心づもりもできぬまま、手を振る海祢中将と真顔の隆勝に見送られ、かぐやは凛少将と黒鳶堂を発つことになった。

「僕たちは昨日から、浮鳥橋に出たという妖影憑きを追っています」

下役数名と浮鳥橋周辺を巡回しながら、凛少将は担当する事件について説明してくれる。

「何体も見つかっている屍には、刃物で斬りつけられたような傷と臓腑が食い散らかされた痕跡がありました。町では人斬りが出たと騒ぎになっていますから、早々に討伐しなければ」

凜少将の話を聞いていると、ふいに遠目にこちらを見ていた町民たちの囁きが聞こえてくる。

「見て、黒鳶よ」

「やっぱり、人斬りを捜してるんだよな」

「怖いわね。早くどっか行ってほしいわ」

町民は妖影だけでなく黒鳶のことも恐れているようだった。

(みんなのために働いているのに、なんで……)

居心地の悪さを感じながら周囲を窺っていると、凜少将が呆れたように振り返る。

「前見て歩かないと転びますよ」

「あっ……申し訳ありません」

慌てて前に向き直るが、凜少将はこちらをじっと見たままだった。

「気になりますか？　なぜ黒鳶隊が敬遠されているのか」

気づかれていた。隆勝や海祢中将もだが、黒鳶隊の上官にもなると、こうも勘が鋭くなるのだろうか。

かぐやが「はい」と素直に答えると、凜少将は前を見据えたまま話し始めた。

「黒鳶がいるところ、妖影あり。黒鳶が飛ぶ宵は不吉なことが起こる。僕たちの仕事は妖影を狩ることですから、行く先には当然妖影がいます。特に妖影の活発になる夜に黒鳶を見かけると、妖影が近くにいるのではないかと気が気でなくなる。つまり、町の人たちは僕たちを見て妖影の存在を連想し、事件の前触れだと恐れるんです」

「妖影が出るのは黒鳶隊のせいではないのに……」

「仕事なんて理不尽なことばかりですよ。珍しいことじゃありません」

凛少将はかぐやと歳もそう変わらなそうなのに、大人だ。自分ももっと、しっかりしなくては。

「感謝してくれる人ももちろんいますけど、それ以上に妖影を狩るのが当然の仕事だろうと思っている人もいます。特に僕らは若いですから、それだけで言いやすいというのもあって、だいたいは悪感情を向けられます。あなたも黒鳶隊で働くなら覚悟しておくことです」

「はい……」

化け物と言われても仕方ない理由があるかぐやとは違って、黒鳶隊は日々命懸けで町民を守っているのに忌み嫌われる。辞めたくなったりはしないのだろうか。なぜ、そこまでして戦うのだろう。

隣を歩く凛少将は町民たちの視線にも動じず、妖影を探して鋭く周囲を観察している。朝の隆勝と同じだ。彼も町民に怯えられようと、自分の役目を全うしようとしていた。

凛少将の背にある矢筒がカチャカチャと音を立てているのを聞きながら、自分の右手を見つめる。

かぐやは成り行きで姫巫女になったが、凛少将も海祢中将も、そして他の隊員たちも、素人でしかも女である自分にははなから期待なんてしていないだろう。

けれど、かぐやがうまく力を使えなければ黒鳶の評判を落としてしまうかもしれない。それは自分が悪感情を向けられるより、ずっとこたえる。

責任重大だと俯いていたかぐやの耳に、ふと後ろを歩く隊員らの声が入ってくる。

「姫巫女って、あの噂のかぐや姫なんだろ？」

「妖影憑きかもしれない女が黒鳶に入るって聞いて、正直耳を疑ったよ。綺麗な顔して、人間を喰らうって噂もあるぞ」

「大将のことだ。なにか考えがあるんだろうけどさ、俺たちは妖影と日々戦ってるんだぞ。割り切れるかって言われると……なあ？」

受け入れられないことには慣れている。はなから期待しない、それが深く傷つかないための処世術。それが染みついているからか、感じる痛みは鈍い。

黙って聞こえないふりをして、向けられる感情から意識を逸らしていると、凛少将が急に足を止め、厳しい面持ちで隊員たちを振り返った。

「あなた方の関心は人斬りよりも、かぐや姫に向いているようですね。集中できないのならば、帰っていただいて構いませんが？」

冷静に叱る凛少将に隊員たちは煙たそうな表情をしたが、声を揃えて低頭する。

「申し訳ありませんでした、凛少将」

　年齢が若かろうと凛少将は上官だ。だが彼らは顔に不満をありありと浮かべ、隠そうともしていない。心から凛少将に付き従っている、という感じではなさそうだ。

　凛少将はため息混じりに「まったく……」とこぼした。

　自分がいるせいで、皆の気が散っている。妖影憑きかもしれない妖しい女を警戒しているのだろう。任務開始早々に迷惑をかけてしまっている。

　せめて謝らねば……と、かぐやは凛少将におずおずと声をかける。

「あの、申し訳ありません。ご迷惑をおかけしてしまい……」

「謝るようなこと、したんですか？」

「え？」

「し、た、ん、で、す、か？」

　一字一字、強くはっきりと聞き返してくる凛少将に、かぐやは自信がなくなってくる。

「あ、わ……たぶん……？」

　かぐやの返事を聞いた凛少将は盛大なため息をついた。

「もしあなたが罪人だったとしても、いわれのない非難まで受け入れる必要はありませんし、世の中の業のすべてがあなたのせいなわけでもありません」

　凛少将はかぐやに向き直り、まっすぐ見つめてきた。

「いいですか？　あなたさえ我慢すればいいとか、そういう考えは一切捨ててください。

そうやって自分を卑下しすぎるところは、あなたの悪い癖だと自覚してください。返事は？」

早口で捲し立てられ、かぐやは放心した。かぐやが話したことのある相手は数少ないが、その中でここまで舌鋒鋭く思ったことを口にする者といえば翁と媼くらいだった。

ふたりの言葉には傷ついたのに、凜少将の言葉には刺激を受ける。

「は……はい！」

大きく頷けば凜少将も同じように首を縦に振り、後ろに控えている隊員らを振り返る。

「では、これから手分けして聞き込みを行います。僕にまた同じような注意をさせるようなら、そのときは……」

凜少将は隊員たちを視線で強く射貫いた。

「任務から外しますから、心してかかるように」

隊員たちは「はっ」と返事をして散っていく。

「行きますよ」

かぐやが隊員たちを見送っていると、凜少将がさっさと歩き出した。かぐやは急いでその背を追いかける。

「凜少将、どこに……行かれるのですか？」

僅かに息を切らしながら、半歩前にいる凜少将に尋ねると、彼はこちらを振り返ることなく淡々と答えた。

「妖影憑きの、おおよその潜伏先を特定するんですよ。くれぐれも邪魔だけはしないでくださいね」

「わ、わかりました……」

きびきびと歩く凛少将のあとについていく。前には隆勝のものより小さいけれど、堂々とした背中がある。

「すみません、黒鳶です。少しお話をお聞きしたいのですが――」

町の人たちに聞き込みを始める凛少将の邪魔にならないよう、静かにその横に控える。

凛少将は何人かに人斬りの特徴や見かけた場所などを聞いて回っていたが、目撃情報は男だったり、女だったり、子供だったり、老婆だったりと、てんでばらばらだった。

「妖影は取り憑く人間を転々として、所在がわからないようにしているのかもしれませんね。そうなると厄介です、見つけるのは難しくなります」

凛少将はかぐやに話しかけているというよりも、顎を押さえて独り言のように呟いている。

そのあとも軽く昼食をとったりしながら聞き込みを続けたが、目ぼしい情報はなく、日が傾き始めていた。このままでは妖影が見つからないかもしれない、そんな焦りが生まれる。

（私、今のところなにもできてない……）

卑屈になりかけ、慌ててかぶりを振る。

（自分を卑下しすぎるのは、私の悪いところ）

凛少将の言葉を思い出し、自分を傷つけようとするもうひとりの自分に言い聞かせる。

初めからなんでもできる人間なんていないと隆勝も言っていた。できなくても考えることをやめなければ、なにか方法が見つかるかもしれない。

「でも、どうすれば……」

「なにをぶつぶつ言っているんですか？」

凛少将が半目で顔を覗き込んでくる。

「あ……その……」

「ひとりで考えて、行き詰まって身動きが取れなくなるくらいなら、話してください。またうじうじされると面倒です」

「あう……ええと、私にも妖影を探すお手伝いが……できないかと……」

新人が偉そうに、と叱られると思っていた。だが、凛少将は真面目に話を聞いている。

「そういえば、あなたは妖影の言葉がわかるんでしたよね」

「え？　あ……はい」

かぐやの返事を聞いた凛少将は、考え込んでいるようだった。

「聞こえないはずのものを聴く能力……そもそも只人には備わっていない力……それなら、聞こえる範囲に物理的な距離は関係ないかもしれない……」

ひとり呟いている凛少将を戸惑いながら見つめていると、ふと目が合う。

「ただ聞こえてくるのと、注意して聴くのとでは、入ってくる情報の量は変わります。試しに、妖影の声に耳を傾けてみてくれませんか？」

かぐやは小首を傾げつつも、両耳に手を当てて注意深く周りの音を聞いてみるが、拾えるのは町の喧騒ばかりで成果はない。

首をふるふると横に振ると、凛少将はかぐやの肩に手を乗せた。

「目を閉じて、音に集中するんです」

こくりと頷き、瞼を閉じてもう一度耳を澄ませる。

「妖影の声はどんな声でしたか？　聞こえたときの状況をできるだけ鮮明に思い出してください」

言われた通りに、あの日の記憶を手繰り寄せてみる。

(妖影の声は、人の声とは違って余計な音が混じってなくて……そう、身体の内側に響くみたいに聞こえた……)

それと似た音を探して、探して、探して……そうしていくうちに雑音が取り払われていく。どこか遠い場所まで行けそうなほど、意識がぐんぐんと伸びていく感覚だ。

「……メ……」

ふいに耳が音を拾う。それに神経を集中させていく。

「姫……カグヤ姫……カグヤ姫ダ」

はっと目を開き、かぐやは息を呑んだ。

「声が……声がしました」

「……！　その声はどちらの方角からしましたか？」

ゆっくりと腕を上げ、南西の方角を指さす。

「向こうから……ですが、聞き間違いだったら黒鳶の皆さんを振り回すことに……」

「新人は間違いを積み重ねて成長するんです。動く前から立ち止まるほうが愚鈍です。無駄なことを考えていないで、行きますよ！」

「あ、はいっ」

凛少将と共に、声の聞こえたほうへと駆け出す。

「この先に妖影がいるとしたら、人に取り憑いているでしょう。あなたの力が必要になるはずです。自分の意思ではないにせよ、一度は覚醒している状態で力を使えたんですよね？」

「はあっ、はあっ……っ、はい……！」

走りながら話していても涼しい顔を崩さない凛少将は、息を切らすかぐやに合わせて速度を落としてくれる。

「一度できたなら、先ほど妖影の声を聴けたのと同じように身体が覚えているはずです。どういう状況で発動したのか、詳しく教えてください」

初めて意識があるまま天月弓を使ったのは、隠岐野の屋敷で妖影と対峙したときだ。

『――お願い。あの子を守って』

あの声が聞こえたのが始まりだった。ただ、幻聴かもしれないので決め手にはならないだろう。だとしたら――。

「っ……あのとき、隆勝様も私も妖影に襲われそうになって……っ、そうしたら、心の臓が脈打って……」

「無意識下で力を使ったときも妖影を倒していますし、一種の防衛本能……命の危険を感じたときに発動するのかもしれませんね。力を発動したとき、あなたはなにを考えていましたか？」

「えっと……私はともかく、隆勝様を死なせてはいけない……っ、そう思っていました」

一瞬、眉を寄せた凜少将だったが、すぐに何事もなかったように言う。

「あなたの助けたい、守りたいという気持ちに力が呼応したのかもしれませんね」

確かに、そうかもしれない。自分だけでは、力を使えるのかどうかと焦るばかりで、発動条件を紐解こうという考えには至らなかっただろう。冷静な凜少将のおかげで、少しだけ前進した気持ちになる。

「力を引き出すにはやはり、実際に妖影と対峙するしかなさそうです。いけますか？」

いよいよかと、握り締めた拳にじっとりと汗が滲む。

「わかりません……っ、でも、やってみます……っ」

「これから待っているのは命のやり取りです。死力を注いでください」

凜少将とかぐやが前に向き直った。そのとき、妖影の声が聞こえた方角から、「キャーッ」と今度は人間の悲鳴があがる。

「速度を上げますよ！」

「はい！」

なんとか凜少将についていき、辿(たど)り着いたのは【浮鳥橋】と書かれた看板が立つ橋だった。橋の中央では、両手が鎌のようになっている女が四つん這(ば)いで笑っている。口には襲った町民のものなのか、血が滴っている腕を咥(くわ)えていた。

橋の両端には、かぐやたちと同じように騒ぎを聞きつけてやってきた黒鳶の隊員たちがおり、周囲にいる町民たちは女の姿に恐れおののき、逃げ惑い、あるいは立ち尽くしている。鎌で斬られた負傷者も何人か確認できた。

かぐやが口元を袖(そで)で覆っていると、凜少将が背の矢筒から矢を引き抜く。

「あれは妖影憑きですね。まずは僕たちが弱らせます、そのあとにあの女性(にょしょう)に憑いた妖影を討ってください。もしそれが叶(かな)わなければ、これまで通り僕らが手を下しますから」

矢をつがえ、凜少将が弓で妖影憑きの女に狙いを定めると、他の隊員たちも太刀を構えた。

「全員、手足を狙え！」

凜少将の矢が女の右足を射た。「グアアアッ」と叫びながら女がよろける。その隙に隊員たちが一斉に斬りかかるが、女も稲妻のような鎌さばきで迎え撃つ。

空気が薄い、ぴりついている。完全に戦場の雰囲気に呑まれていると、こちらに背を向けて隊員の刀を受け止めていた女がありえないほど仰け反った。長い髪がばさっと下に垂れ、逆さのままかぐやを見るやニタッと笑う。

「罪深キ……者……！」

「……！　やっぱり、さっきの声はあなたの……っ」

もう一度、声を聴いて確証を持てた。けれど——。

（なんで、この妖影も私のことを知っているの？　私を『罪深き者』と呼ぶのはどうして……？）

かぐやが考え込んでいると、妖影憑きの女が両手の鎌で隊員たちを刀ごと払い飛ばした。四つん這いのまま、女はかぐやのもとへ走ってくる。隊員たちが壁になるが、信じられないことに刀を振り上げる彼らをやすやすと飛び越えた。

「撃ち落としてみせましょう」

ビュンッと、凛少将から放たれた矢が唸りをあげて宙にいた女の肩を射貫いた。弦音の余韻も打ち消す勢いで、凛少将は続けざまに弓を引く。矢は左足、鎌になった右手にも命中し、女が地面に落ちたところで凛少将が振り向く。

「今です！」

「は、はい……っ」

一気にのしかかってくる重圧で浅くなる呼吸を繰り返しながら、自分の手と妖影憑きの女を交互に見つめる。

(天月弓、お願いだから出てきて……！)

そう念じてみても、心の臓が大きく脈打ち、身体の底から力が溢れてくるあのときの感覚はいっこうに現われず、弓が出てくる気配もない。

(なんで出てこないの？　どうやればいい？)

痛みに悶える女に目をやり、急がねばと焦る。

(あのときは、どうしたんだっけ？)

考えれば考えるほど頭が真っ白になり、かぐやはついに立ち尽くした。

(無理だ……弓の出し方なんて、わからない……)

力なく腕を下ろすと、凛少将から怒号が飛んでくる。

「なにをしているんですか！　ここは戦場ですよ！」

そうはいっても、失意に足を摑まれて動けないのだ。どんなに頑張っても、成功する自分が想像できない。

そうこうしているうちに女は起き上がり、かぐやの盾になっている隊員を鎌で斬りつけようとする。それを凛少将が弓矢で阻止し、指示を飛ばした。

「っ……仕方ありません。妖影憑きを討つことを許可します！」

女はまるで踊り狂うように回転し、鎌の手で隊員の太刀を次々と弾き返す。

凛少将は矢をつがえ、女の心の臓を狙った。それを察知した女は近くにいた隊員の首に鎌をかけ、引き寄せようとする。盾にする気なのだ。

「くっ」

凛少将は弦から手を離す間際で、悔しそうに弓を引くのをやめた。隊員も首を落とされる寸前で鎌と首の間に太刀を滑り込ませ、なんとか女を突き放す。

女は大きく飛翔し、今度は標的をかぐやに変えて襲いかかってきた。

「……！」

このまま動かなければ、自由になれる……？　一瞬、そんな考えが頭をよぎり、とっさに動けないでいると――。

「まったく、手のかかる！」

駆け寄ってきた凛少将が体当たりするように、かぐやを突き飛ばした。

「きゃっ」

転んだ拍子に足首を捻り、ずきっと鋭い痛みが走る。だが、そんなことよりも凛少将が心配で顔を上げれば――。

「ふっ！」

凛少将は後ろ足で強く踏ん張ると、すぐに体勢を整え、鞘から刀を抜き放ち、居合斬りを放った。

「ギャアアアアアアッ！」

鋭い一撃を受けた女は悲鳴をあげながら後ずさる。女が怯んだ好機を見過ごさず、黒鳶隊の隊員たちが取り囲み――。グサッと、四方から突き出された刀が女の身体を貫いた。絶叫と共に血潮が噴き上がり、女が倒れるさまがやけに緩慢に見える。

かぐやが放心したように座り込んでいると、

『ギーッ！』

耳障りな奇声が聞こえた。平屋の屋根を見上げれば、隊員に貫かれるすんでのところで女の身体から抜け出したのだろう。触角と鎌を持つ蟷螂のような形体の妖影がいた。

「っ、すばしっこいですね。──構え！」

凛少将や他の隊員が弓を一斉に構え、矢継ぎ早に矢を放つ。しかし、妖影は矢を避けると、そのまま北のほうへと逃げていってしまった。

(私の、せいだ……)

橋の前で倒れている女の下には血だまりができている。自分がもたついていたせいで町民をひとり死なせたどころか、妖影を取り逃がしてしまった。

周りを見れば、襲われた町民たちの痛々しい姿が目に入ってくる。妖影が討たれていないこともあり、この場から逃げ出してしまいたいほど重い空気が流れていた。

「姫巫女だっていうから、期待してたんだけどな」

「むしろお荷物だろ。守らないとならないわけだし」

黒鳶隊の隊員からは失望の声があがる。

「妖影憑きは殺すしかないってわかってるけど……実際に見ると、やっぱり恐ろしいね、黒鳶隊は」

耳を塞ぎたくなった。一部始終を見ていた町民は黒鳶を恐れている。ここでかぐやが力を使えていれば、黒鳶隊を見る町民たちの目は変わっていただろう。

「隊員四名は、すぐに妖影を追ってください。残りはこの近辺に住む町民たちに、家から出ないよう呼びかけを」

下役に指示を出したあと、凛少将は地面に座り込んでいるかぐやの前までやってくる。情けなくて顔を上げられなかった。

「なぜ、諦めたんですか」

気づかれている。無理だと、匙を投げたことに。

「っ……申し訳、ありません……」

「謝罪が欲しいわけではありません。理由を聞いているんです」

自分がしたことの重さを考えれば、このまま黙っていることは許されない。下を向きながら長息したかぐやは、心を決める。

「自信が……なかったのです。私は今まで、なにかを自分でやり遂げたことが……ありません。うまくいく自分が想像できなくて、私なんかにできるわけがないと……思ってしまって……」

話しながらどんどん俯くかぐやに、凛少将は厳しい空気を纏ったままため息をついた。

「どうせお前にはできない、お前がうまくいくわけがない……そうやって自分を枷に繋いでいるのは、あなた自身では？」

「……！」

自分の中にある核心を摑まれたような気分だった。

顔を上げれば、凜少将は険しい表情でかぐやを見下ろしている。

「自信がないのは、自分を信じていないからですあなたを閉じ込めているその籠を作ったのは、あなた自身なのではないですか？」

心の臓がばくばくと大きな音を立てている。

（私自身が、自分の自由を奪っていた……？）

「頑張っても駄目だったとき、傷つきたくないからあなたは踏み出さない。でも、飛んだことのない空が怖いからって、一生自分の殻に閉じこもっているつもりですか？　それでは、あなたにどれだけ特別な力があったとしても、無駄になるだけです」

凜少将はなにか思うところがあるのか、唇を引き結んで拳を握り締める。

「うまくいく自分が想像できない？　そんなの僕だって同じですよ。これでいいのか自問自答しながら、正解がわからなくても前に進むんです。そうするしかないから、立ち止まればそれで終わりだから」

そう言って凜少将は、筵に包まれた女にやるせない視線を向ける。

「確かにこの仕事は結果がすべてです。人の命が懸かっていますから」

かぐやも守れなかったものを改めて目の当たりにして、胸が押し潰されそうになった。

「ですが、あなたの場合は結果云々の前に仕事への向き合い方に問題があります。どんな事情があれ、あなたは彼女の命を救うことを諦めてはいけなかった」

その声には失望が滲(にじ)んでおり、かぐやは項垂(うなだ)れた。

(凛少将はできなかったことを責めているわけではなくて、諦めたことを叱っているのよね)

涙が出そうになり、膝(ひざ)の上にある両の拳を握り締めて唇を噛(か)む。

他の隊員たちに失望を向けられたときよりも、ずっとつらかった。凛少将はこんな自分の可能性を引き出そうと助言してくれた人だったから。

「あなたはなぜ、黒鳶に入ることを拒否しなかったんですか」

「それは……それが、隆勝様の望むこと……だったからです」

「隆勝大将のことです。あなたが本気で拒否すれば、無理強いはしなかったはずですよ」

確かに隆勝の気遣いが、かぐやの気持ちを軽くしてくれたことはあった。凛少将の言うように『姫巫女なんてやりたくない』と一言そう伝えれば、辞めさせてくれるのかもしれない。けれど……。

(私は本当にやりたくないの?)

命じられて黒鳶に入ったのは事実。逃げ出したくてたまらないのも間違いないけれど、いざその選択肢が自分にあるとわかった途端に感じたのは……未練だ。

助けられたかもしれない人、変えられたかもしれない黒鳶隊への印象。なにもかもが、中途半端なまま終わってしまうことへの未練が残って、思い切ることができないでいる。

「あなたはなぜ、今ここにいるんですか。本当に、そこにあなたの意思はないんですか？」

見上げた先にある凜少将の瞳は、己の心から目を逸らすなと訴えている。

意思を抱いたところで、思い通りになったためしがない。感情を抱いたところで、悲しみや苦しみしかもたらされない。だから、なにも望まず、なにも感じないで済むように、心に蓋をしてきた。そのつもりだった。

（でも……自分で思うより、蓋をしきれていなかった？）

自分が気づいていないだけで、本当は自分で望んで動いたこともあったのだろうか。

「命令されたにせよ、あなたは黒鳶に入ることを選んだんです。自分の決断に責任を持って、役目を果たしてください」

「……はい」

目を伏せて、締めつけられるような重苦しさを訴える胸を押さえていると、凜少将はかぐやから興味を失ったように前を向いた。

凜少将も、かぐやが黒鳶隊に入るのを認めてはいなかっただろう。それでも、世話係の役目を果たしていた。自分はどうだっただろう。どんな経緯であれ、ここにいる以上、その務めから逃げるのは無責任だった。

「黒鳶堂に戻って、夜勤の者と交代しますよ」

凜少将の言葉で空を見上げると、日が暮れかけていた。町民への呼びかけも終わったのか、隊員も何人か戻ってきている。

「でも、さっきの妖影は……」

今もどこかで人間を襲っているかもしれない。捜索を続けなくてもいいのだろうか。自分のせいで逃がしてしまった責任を感じて動けないでいると、凛少将はかぐやの言わんとすることを察したらしい。

「黒鳶は僕たちだけではないんです。疲労で妖影に遅れをとるようなことがあれば、命取りですから」

そういうものなのかと、かぐやは頷く。わからないこと、不安なことばかりだが、せめて足を引っ張らないように、教わったことは胸に留めておこう。

「ほら、いつまで座り込んでいるんです？　そんなに地面がお好きなら、置いて行きますが」

「……っ、今立ちます！」

（置いて行かれないように、もっと頑張らないと）

ぎゅっと袴を握り締めてから腰を上げる。すると足に体重がかかった瞬間――足首に鋭い痛みが走った。

「あっ……」

「ちょっと！」

身体が前に傾き、凛少将が焦った声をあげる。とっさにぎゅっと目を瞑るも、覚悟していた衝撃はなく、代わりに力強い腕に抱き留められた。

恐る恐る瞼を開ければ、隆勝の顔が至近距離にある。

「え……隆勝……様？」

そこで初めて、転びかけた自分を助けてくれたのが隆勝だったとわかる。それも、かぐやの身体を片腕だけで軽々と支えていた。

そばには海祢中将の姿もあり、目が合うと軽く手を振ってくれる。

「負傷したときは、そう上官に報告しろ。万全の状態でない仲間がひとりいるだけで、乗り越えられない任務もある」

隆勝は体勢を崩したかぐやを立たせた。

（仲間……）

自分が力を使うことを諦めたばっかりに、妖影憑きになった彼女を死なせてしまった。言い換えれば、自分は彼女の命を諦めたようなものだ。町民のために戦ってきた彼らの仲間に、そんな自分は相応しくない。そう思うからこそ、当然のように仲間と言ってくれた隆勝に返事ができないでいると、隆勝はなぜか、かぐやの足元にしゃがみ込んだ。そして懐から手拭いを取り出し、かぐやが挫いた足首を固定してくれる。

（どうして……）

刀も握れず、あの力も使えない。まったく役に立てていないどころか、足まで挫いてお荷物になっている。

（なのにどうして、隆勝様は優しくしてくれるの……？）

うっかり泣きそうになり、かぐやはそれをごまかすように頭を下げた。

「あの、今度はきちんと自分の不調をご報告します。本当に、申し訳……」

話している途中で、凜少将に謝ることをしていないなら、謝らなくてもいいのだと教えられたのを思い出した。こういうとき、他にどんな言葉を返すべきだろう。

自分で考えて、答えを出さなければと思考を巡らせ——。

「ありがとう……ございます」

手当てをしていた隆勝は動きを止め、かぐやを見上げた。

返す言葉を間違えただろうか。緊張しながら隆勝の反応を窺う。

（あ……）

切れ長の目が和らいでいる。思わずほっと息をついていると、隆勝はしゃがんだまま、かぐやに背を向け、こちらを振り返った。

「乗れ、その足では歩けないだろう」

「え……ですが、そこまでご迷惑をおかけするわけには……ゆっくりにはなってしまいますが、皆さんを追いかけますので……」

それを聞いた隆勝の眼差しに憂いが混じった。

「土地勘もないのに、どうやってひとりで帰るつもりだ」

「あ……」

そのことを失念していたかぐやは、とことん駄目だなと項垂れる。

ここで押し問答をするほうが隆勝の貴重な時間を奪ってしまうだろう。そう思ったかぐやは、素直に隆勝の背に覆い被さった。

隆勝は軽々とかぐやを背負って立ち上がり、そばにいる凛少将に視線を移す。

「今日は屋敷に直帰する」

「わかりました。ところで、隆勝大将はどうしてここに？」

隆勝の視線がちらりとこちらに向けられ、どきりとした。距離が近いせいか、どうにも落ち着かない。

「都に現われる妖影の数が昨晩だけで一気に増えている。その要因について調べていたのだが、手詰まりでな。実際に現場を見て回り、手掛かりを探していた。そのついでだ」

「などと言ってはいますが、純粋に初任務のかぐや姫が心配で見に来たんですよ」

隆勝は余計なことを言うなとばかりに「……海祢」と咎めた。

かぐやは悪い意味で期待を裏切らなかっただろう。最初から最後まで、黒鳶隊の皆の足を引っ張った。

「隆勝大将、それではここで報告をさせていただきます。今日取り逃がした妖影なのですが……」

凛少将が任務の報告をしているのを聞きながら、すっかり気落ちしていると、隊員たちのささやき声が聞こえてくる。

「今日は成果なしか。やはり隊を指揮するのは、凛少将には荷が重いのではないか？」

「実際才能はあるのかもしれませんけど、経験は浅いですしね」

隊員たちは妖影を取り逃がしたかぐやではなく、凛少将を責めている。

(妖影に逃げる隙を与えてしまったのは、私のせいなのに)

かぐやがじっと隊員たちを見ているのに気づいたのだろう。

「言わせておけばいいんです」

報告を終えた凛少将が平然と言ってのけた。

「ですが、責めを受けるべきは力を使えなかった私なのに……」

「あなた個人の反省も必要ですが、任務の失態の責任はその日行動した隊員全員で背負うべきものです。そして、下役の失態は上官の責任です」

それを聞いていた海祢が小さく笑った気がした。

凛少将はどうして、そんなに堂々としていられるのか。辛くはないのだろうか、逃げ出したくはならないのだろうか。

「さすが、無能な大将の息子。血は争えないってことだろ」

隊員がぼそりと言った。意味はわからないが、傷つける目的で口にしたのだろうことは隊員のにやついた顔を見ればわかる。思い返してみれば、巡回中に凛少将に叱られた隊員たちも煙たそうな顔をしていた。上官に対して、あのような態度は許されるものではないと思うが、なぜこんなにも凛少将は隊員たちに侮られているのだろう。

胸のあたりがもやもやするのを感じていると、他の隊員が「馬鹿！」と口を滑らせた仲間の腕を叩いた。

「ここには隆勝大将もいるんだぞ。その話は御法度だろ！」

「鬼大将の噂、聞いたことがないのか？」

隊員らは小声で言い合う。話の流れからするに鬼大将というのは隆勝のことなのだろう。黒鳶で尊敬されている彼の異名にしては物騒だ。

隆勝と凜少将の間にも、なにかがあるのだろうけれど、それについて語る者はいない。隆勝の反応を恐れてか、隊員らは互いに顔を見合わせ、びくびくしながら黙っている。

「あとは任せた」

嫌な空気が漂う中、隆勝はかぐやを背負い直してそう言った。

凜少将は「はい」と答え、隆勝におぶわれているかぐやのほうを向く。

「かぐや姫、あなたの境遇はなんとなく聞いていますが、いつまでもそれを理由に自分の殻に籠っているつもりなら、黒鳶は辞めてしまったほうがいいと思います」

凜少将から放たれた言葉は鞭を打つように鋭く、息が詰まった。

「凜少将、それは……」

恐らくかぐやを庇おうとした海祢中将を、隆勝が首を横に振って制する。

「自分を大事にできない人間はすぐに死にますし、その意志の弱さが守るべき民や仲間を危険に晒します。僕はそんな人と一緒に戦うことはできません」

「……っ」

身に覚えがあるからこそ、突きつけられた事実が痛い。

凛少将は一礼をして、仕事の後処理に戻る。きっぱりと突き放されたかぐやは、その背中をひとり広い海に取り残されてしまったかのような思いで見送った。


屋敷までの道のりを、隆勝におぶわれながら進む。

「初任務はどうだった」

前を向いたまま、隆勝が静かに尋ねてきた。先ほどの凛少将からの報告で、かぐやのせいで妖影を取り逃がしたことは隆勝の耳にも入っている。足を引っ張ってばかりだった今日の自分を思い出して無言で項垂れると、隆勝がこちらをちらりと見た。

至近距離で目が合い、緊張で息を呑むと、隆勝はかぐやから視線を逸らした。

「……俺が怖いか？」

「え？」

予想だにしていなかった問いに目を瞬かせる。

「お前は俺が話しかけると、大体怯えている」

苦々しい表情をしている隆勝に、かぐやは首を横に振った。

「今は……違います」

隆勝は『今は？』と問うような眼差しを向けてくる。

うまく伝えられず、傷つけてしまうくらいなら黙っていたほうがいい。今までの自分ならそう思って口を噤んだだろう。

　けれど今日は、これまでがそうだったからという理由で伝えることを諦めてはいけないと思ったのだ。ここで逃げたら、隆勝はかぐやを怯えさせたと気にし続けることになる。それだけは駄目だと、意を決して伝えることにした。

「昨日までは……妖影憑きとして討たれるのだと思っていたので、怖かった……です」

「解放されたいと……言っていなかったか」

　かぐやが死を望んでいたことを口にするのは、躊躇われるのだろう。隆勝らしくない曖昧な物言いだった。

「……それを願っていたのも事実です。でも……それではいけないのかもしれないと、思って……」

　前の自分なら、今の考え方に警鐘を鳴らしただろう。死以外の自由など望んでいない。それ以外の可能性を想像して、あとで叶わないと悟ったときに傷つくのは自分だぞと。だから、諦めるのが癖になっていた。けれど――。

『自分を大事にできない人間はすぐに死ぬ、その意志の弱さが民や仲間を危険に晒す』

　そう凛少将に言われて、実際に今日、妖影憑きの女と対峙した際に動けずにいたかぐやを彼が庇ったのを思い出した。かぐやは苦しみから逃れるために生きることすら諦めようとしていた。死んだっていいと思っている人間を守るのは、必死に生きようとする人間を守るより、ずっと難しい。かぐやのその意志の弱さが凛少将を危険な目に遭わせたのだから、一緒に戦えないと言われても、しょうがない。だから、このままではいけないと思った。

「あと……隆勝様の弱さを見透かすような目も、人形として、道具として生きてきた自分を否定する隆勝様の言葉も……怖かった」

でも、そもそもは傷つきたくないという自分の弱さが原因であって、隆勝にはなんの落ち度もないのだ。

「それから……隆勝様は大きいので、見下ろされるといろいろ思い出してしまって……どうしても、身体が動かなくなってしまうのです」

「……翁にされたことが原因か」

もしかしたら隆勝はなにかの拍子に、かぐやの鞭の痕を見たのかもしれない。鞭を振るうのはいつも翁だった。そのとき、かぐやを見下ろす翁の顔を思い出すと、今でも恐怖で身が縮む。

「……はい。でも、隆勝様には……少しずつ、慣れてきて……ます」

それを聞いた隆勝がふっと笑った気がした。聞き間違いだろうか。後ろからその顔を覗き込むと、隆勝が振り返る。

（あ……）

隆勝は微かに笑っていた。初めて見た隆勝の表情に、とくんと心の臓が脈打つ。

「初任務は、お前にとっていい刺激になったようだな。人と向き合うことを諦めず、自分の考えを言えたのがなによりの進歩だ」

「それは、凜少将のおかげです」

「そのようだな。嫌われる覚悟で凜少将もお前に向き合っていた。だからこそ、厳しいことを言ったのだろう」

「はい。私は、その……凜少将の言葉で、いろんなことに気づくことができて……ええと、なんというか、えと……」

　これまで、言われたことをただするだけだったので、自分で考えるだけでも手一杯なのに、それを人に話すとなると言葉が迷子になる。

　隆勝はそんなかぐやを急かすことなく、落ち着かせるように声をかけてくる。

「考え方に正解も間違いもない。自信がなくても構わん。お前自身で考えたことを、ゆっくりでいい、聞かせてみろ」

　隆勝の一言で心が軽くなった。隆勝と出会ってから、どうしたいのかと意思を問われてばかりだ。着る物、食べる物、すべてが翁たちによって決められてきたかぐやにとっては難題なのだが、解き続けていれば人形から隆勝たちのような人に近づけるのかもしれない。そう思うと期待が膨らんで、自然に言葉が出てくる。

「殻にこもってなにもせずにいたら、今日みたいに助けられたはずの誰かを見殺しにしてしまうかもしれないこと、ですとか……」

　筵に包まれた女のことが脳裏に蘇り、胸が詰まる。

この痛みだけは、辛いからといって蓋をしたり目を背けたりしてはいけないと思う。でなければ、本当になにも感じない人形になってしまうから。

「うまくいく保証はなくても、諦めなければ万あるうちのひとつでも可能性は残るということ、逆に諦めればその可能性すら生まれないということ……」

隆勝は前を向いたまま耳を傾けてくれている。

もし面と向かって話していたら、相手の顔色を窺って言いたいことを言えなくなっていただろう。隆勝がそこまで考えていたかどうかはわからないが、なんでも受け入れてくれるような隆勝の空気感も、かぐやの口を軽くした。

「それを私に気づかせるために、あえて突き放してくれた凛少将に、私はとても……感謝しています」

「……そうか」

隆勝の声はどこか嬉しそうだった。

かぐやの出した答えを、隆勝は否定も肯定もしなかった。ただ、かぐやの考えを聞いていてくれただけだ。いつも自分の発言のよしあしを気にしてしまうかぐやには、どんな答えでもいいのだと言われているようで、ありがたかった。

「私は……誹謗されても、前を見続けられる凛少将の強さの源を……知りたいです」

たどたどしく言葉を紡ぎながら、かぐやは切り離してきた感情を手繰り寄せていく。

「そして私も……そんな強さが、おこがましくも欲しいと……思うのです」

「おこがましくなどない」

持ち前の歯切れのいい口調で隆勝は断言した。

「俺も……口が達者なほうではないが、お前と向き合うために必要ならば、今感じた思いを包み隠さず返そう」

かぐやを振り返り、そう言った隆勝は少し困ったように微笑している。

「強くなろうとするお前は美しい。綺麗な人形のままのお前よりもずっとな」

大げさかもしれないが、眩暈がしそうなほど嬉しかった。弾む心に突き動かされるように、かぐやは隆勝に顔を寄せて質問をする。

「隆勝様は黒鳶のお仕事がお辛いと思ったことはありますか？ 妖影を狩る黒鳶を怖がっている町民もいて、それでも皆さんが命懸けで戦う理由が……知りたくて」

一瞬、隆勝は面食らったようだったが、ふっと頬を緩めた。

「なんだ、知りたい病か？」

童を見守るような隆勝の優しい瞳に見つめられ、顔が火照る。少し図々しかっただろうかと心配になったが、それもとりこし苦労だった。

「辛いことは当然あるが、俺は主上が目指す太平の世のため、戦わねばならない。目指したい場所が見えていれば、周囲の声に惑わされても自分を取り戻せる」

真剣に答えてくれた隆勝は、自分で言ってどこか腑に落ちたように一、二度頷いた。

「すべては心の持ちようなのかもしれないな。どんな生まれでも、どんな仕事でも、それで誰かに後ろ指をさされようとも、今の自分が正しいことをしていると信じて生きていれば、過去を汚点とは思わないように」

鳥籠を出ても相変わらずかぐやは卑屈で、そんな自分が嫌になる。

けれど、かぐや自身が自分を信じられるようになれたら、誰かを不幸にしてばかりだった過去に囚われず、背筋をしゃんと伸ばして立っていられるのだろうか。

「皆さんのように強くなるためには、どうすればいいのでしょうか」

「強く……の定義が広すぎるな。だが、それを俺たちに聞くということは、俺たちにその答えを見出せそうなのか？」

確信を持って「はい」と頷く。

「それなら、俺たちのそばで、お前なりの強さを見つける。それをひとまずの目標にしてみるのはどうだ」

「皆さんのそばで……」

凛少将の言葉が頭の中に響く。

『あなたはなぜ、今ここにいるんですか。本当に、そこにあなたの意思はないんですか？』

隆勝に頼めば逃げることもできたのに、そうしなかったのは、なにもかも中途半端なまま終わってしまうのが嫌だったからだ。仲間になれているという実感がなくて不安だったのも、皆に受け入れられたいと思ったから。今かぐやがここにいるのは、かぐやの意思だ。

「いたいです……皆さんのそばに。なりたい……皆さんの仲間に」

不思議なほど、すとんと願いが胸に落ちてくる。初めてかもしれない、こうしたいと思えることを口にしたのは。

「今度こそ、一緒に戦いたいと言ってもらいたい。皆さんの仲間になるには、どう頑張ればいいのでしょうか？」

隆勝の肩を摑む手に力が入る。振り返った隆勝は少し目を見張っていた。

「そう……だな」

前に向き直った隆勝は真面目な声音で言う。

「仲間の一員として自分になにができるかを考え、率先して動くことだ。いたい場所が見つかったのなら、求められたいのなら、替えの利かない存在になればいい」

「替えの利かない存在に……」

隆勝の助言を胸に刻む。黒鳶に来てから、心に書き留めておきたい言葉がたくさん増えて、分厚い書物になってしまいそうだ。

「人には適材適所というものがある。海祢も言っていたが、お前に刀を持って戦うことは求めていない。まずは俺たちのそばで、お前にしかできないことを探せ」

隆勝の言葉に励まされて、自分にしかできないことを見つけてみようと、やる気がわいた。

「はい、探してみます」

まずは、もうできないと逃げたりしないこと。力を使えるようになること。そこから始めてみよう。

進む方向がなんとなくだが見えたおかげで、胸の靄が少し晴れている。和やかな沈黙が心地いい。だが、かぐやはもっと隆勝の声が聞きたくなり、今さらな質問をしてしまう。

「私……重くないでしょうか？」

「……？　軽すぎるくらいだ。食事が口に合わないのか？」

「いえ、そんなことは……」

翁に鞭で打たれたあとは傷口が膿んで寝込んでいることがほとんどだった。食が細くなったのはそれが原因だ。

「お前の好きなものを用意する。それなら食べられるか？」

「好きなもの……」

自分で選ぶという行為を今までしてこなかったからなのか、望んでいるものというのが簡単には出てこない。

「なんだ、ないのか？」

思いつかず黙り込んでいると、隆勝は残念そうな声をあげる。

「好きなもの……というのが、わからなくて……」

素直に打ち明ければ、隆勝は深刻そうに考え込んでいた。

僅かな間のあと、隆勝は静かに切り出す。

「……ならば、好きなものもこれから見つけていけ」

「隆勝様は、どうやって見つけたのですか？　好きなもの」

今まで人ひとり背負っていても、びくともしなかった隆勝の大きな身体が跳ねた気がした。

「隆勝様？」

身を乗り出すかぐやを隆勝が背負い直す。そのとき、胸元に入れていた髪飾りがカチャリと音を立てた。

「なんの音だ？」

こちらを向く隆勝に、懐から取り出した月下美人の髪飾りを見せた。

「これの音です」

隆勝はちらりと髪飾りを見て、すぐに視線を外す。

「持ち歩くほど大事なものなのか？」

「あ……はい。都に発つ前に、よくしてくれた方から頂いたものでして……お守り代わりなのです」

髪飾りを懐にしまうと、寂しさが胸をよぎった。都に来てから、まだ零月とは再会できていないのだ。

「髪飾りを贈るということは、相手は……男か？」

「え？　そうですが、懇意にしていた錺職人で、兄のような方ですので……」

言っていて、頬が火照るのを感じる。

(私は、どうして言い訳をしているのかしら)

そんなこと、隆勝はきっと興味ない。隆勝も、なぜ贈り主の性別など気にするのか。

その真意が知りたくて様子を窺ってみるけれど、隆勝はなにも言わない。

「……好きなものをどうやって見つけたのかと、そう聞いたな」

唐突に話が変わり、一瞬思考が追い付かなかったが、一拍置いて先ほどかぐやがした質問のことだとわかった。

「は、はい」

教えてくれるのだろうか。わくわくしながら返事を待っていると、隆勝はぽつりと答える。

「関心を向けることだ。それで興味を惹かれたら……」

隆勝は振り返り、じっと穴が開くほど見つめてきた。

「――目を離さない」

どきりと胸が弾む。隆勝はただ、好きなものを見つける方法を教えてくれただけだ。なのにどうして、頬が熱いのだろう。

それっきり喋らなくなってしまった隆勝を盗み見れば、その耳が僅かに赤くなっている気がした。

翌日、かぐやは町にいた。取り逃がした妖影の捜索が難航しているために、今日は凛少将だけでなく、隆勝や海祢中将も現場に出ている。

昨夜、力を使えるようになるべく、屋敷の庭で天月弓を呼び出す練習をした。日付が変わるまでやっていたせいか、眠気で頭が重い。

凛少将に教わって妖影の声を聴けたときと同じ要領で、あの力が発現するときの感覚を思い出しながら天月弓に呼びかけてみたのだが、応えてはくれなかった。

凛少将と発動条件を紐解いていく中で、命の危険を感じたときが最も可能性があるとわかった。やはり、妖影と対峙し続けるしかないのだろうか。

(私、本当にできるの……?)

練習をしても手応えを感じないせいか、始めてまだ一日だというのに、なにをしても無駄だと言われているようで落ち込みそうになる。

だが、ぶんぶんと首を横に振り、負の思考を振り払った。凛少将に言われたはずだ。正解がわからなくても前に進め、立ち止まればそれで終わりだと。

まだ始めたばかりなのだから、と自分を奮い立たせているときだった。

「おいおい、姫巫女は大丈夫なのか？　昨日、妖影を取り逃がしたらしいじゃないか」

「てっきりもう来ないと思っていたが……女が黒鳶なんて無理に決まっている」

かぐやの失態を知っている隊員の陰言が嫌でも耳に入る。覚悟はしていたがこたえる。

皮履のつま先を見つめたまま動けずにいると、隣に立っていた隆勝がかぐやの肩に手を乗せた。

「お前の努力を評価している者もいる」

触れられた場所からじんわりと身体のこわばりが解けていき、ゆっくりと顔を上げる。

「だが、次の日に備え、しっかりと休息を取ることも忘れるな。妖影の前に眠気と戦う羽目になるぞ」

もしかしたら、隆勝はかぐやが密(ひそ)かに天月弓を出す練習をしていたことに気づいているのかもしれない。ひとりで天月弓に何度も話しかけているところを見られていたのだと思うと途端に恥ずかしくなり、袖(そで)で顔を隠す。

「次は塩梅(あんばい)を考えてやるといい」

「はい……」

頑張りを見ていてくれる人がいる。それだけで背を押してもらえているような気がして、自然と力が漲(みなぎ)ってきた。

「俺は別の班で指揮をとる。互いに武運を」

隆勝は少し離れたところで待機している隊員のもとに行ってしまう。その背中を心細くなりながら見送っていると、入れ違うように凜少将がやってきた。

「昨日捻った足は大丈夫ですか？」

「あっ、はい。もう痛みもありません」

昨日、屋敷に戻ってからすぐに菊与納言がかぐやの足を冷やし、薬を塗って竹簡(ちくかん)を巻いてくれたのだが、それが効いたようだ。

「それならいいです。昨日の失態で、大将と中将まで出てくることになってしまいました。なんとしても、挽回しますよ」

　力不足だと下役に見下されても、すぐに切り替えて前を向いている。本当に凛少将は強い。失態の一言に胃が縮まりそうになるかぐやとは大違いだ。

　だから知りたいと思ったのだ。その強さの理由を。そのためには凛少将のように受け止めることから始めよう。

「……はい。挽回、したいです」

　吹っ切るようにまっすぐ凛少将を見つめれば、彼は意外そうな表情を浮かべていた。

「そう……ですか。夜勤の隊員からの報告では、昨日取り逃がした妖影は黒鳶を警戒してか、昨晩は誰も襲わなかったようです」

「よかった……」

　ひとまず被害者が出なかったことに、ほっとする。

「今までなら妖影が暴れてからでないと居場所を見つけられませんでしたが、あなたがいれば妖影の声を頼りに、怪我人が出る前に探し出せるかもしれません。……できますか？」

　覚悟はいいかと問う眼差しを向けられ、かぐやは頷いた。

　瞼を閉じ、集中して、雑音を排除していく。順序立てて、おさらいしながら妖影の声を探り——目を開いた。

「今は……聞こえません」

「では、地道に聞き込みをしましょう。あなたはときどき、そうして妖影の声を辿ってください」

「わかりました」

——各々聞き込み調査に向かってください。午三刻に、ここで落ち合いましょう。

隊員らにそう指示した凛少将と共に歩き出す。まず向かったのは妖影を見失った場所でもある浮鳥橋だ。その前に立ち並ぶ店の主から目撃情報を集めていたのだが……。

『うちは関係ないよ。黒鳶がいたら客が逃げちまう。帰った帰った！』

しっしっと手で払うようにし、そそくさと暖簾の向こうへ消えていってしまう者。

『話はもう終わり？　なら、もうここへは来ないでくれ。あんたらがいたら、うちに妖影が来るかもしれないだろ』

嫌々協力する者。目が合っただけで黒鳶を避ける者。かぐやたちが若いせいか遠慮ない言葉で立て続けに拒絶され、心が疲弊しているところへ、さらなる嵐がやってくる。

「あんたら黒鳶か！」

ひとりの男が声高に物を言い、詰め寄ってきた。

「黒鳶のくせになんで、俺の女房を助けてくれなかったんだよ！」

どうやら、昨日妖影に憑かれて黒鳶に討たれた女の夫らしかった。

「あれは、私の……」

失態なんです、と告げようとしたかぐやの前に、すっと凛少将が腕を出す。なにも言うな、とその背中が告げている。

「ちょっとあんた、やめときなよ」

隣の蕎麦屋の女店主が騒ぎを聞きつけて出てくると、男の腕を摑んだ。

「放せ！　この無能！　人殺し集団が！」

女店主の腕を振り払い、男は近くにあった打ち水桶を手に取る。かぐやはとっさに凛少将の前に飛び出した。その瞬間、ばしゃんっと顔面から水を浴びせられる。

「は……ちょっと、なにして……」

狼狽えている凛少将の言葉遣いが崩れた。だが、かぐやは間違ったことをしたとは思っていない。

「あなたの大切な人を守れなくて、申し訳ありません」

男に向かって深く頭を下げる。周りには「なんだなんだ？」と興味本位の野次馬たちが集まってきていた。

「絶対に……絶対にあの妖影を見つけて討ちます。あなたと同じ思いをする人を減らせるように、全力を尽くします」

結果をすぐに出せなくても、立ち止まらないこと。その姿を見せることで、この人にも凛少将にも報いたい。

今、言葉にしたのは自分の逃げ道をなくすためだ。これでもう取り消せないから。

「は……はっ、どうだかな」

　水をかけた男は動揺したようにどもりながら、そう吐き捨て去っていく。女店主も気まずそうにかぐやを一瞥（いちべつ）したあと、店に戻っていった。

「いつまでそうしてるつもりですか？　行きますよ」

　凛少将に腕を引かれ、かぐやはようやく顔を上げた。

　先を歩く凛少将は前を向いたまま尋ねてくる。

「出しゃばるなと伝えたはずです。どうして僕を庇（かば）ったんです？」

「……これは、私が受けるべき叱責（しっせき）だと思ったからです」

「また、不幸病が始まったんですか？　あなたは自分を責めるのが好きですから」

「ち、違います。私が……受け止めたかったのです。それで、もうあんなふうに誰かが泣くことのないように、頑張りたいな……と……」

　凛少将はなぜか黙り、「そうですか」と素っ気なく返事をする。その声音はどことなく柔らかい響きをしていた。

　凛少将に連れられて橋下の川辺にやってくると、大きめの石に座る。

「これをどうぞ」

　目の前に差し出された手拭（てぬぐ）いに驚きつつも、「ありがとうございます」と受け取り、頭を下げた。黙々と顔や髪を拭いていると、凛少将も隣に腰かける。

「昨日とは別人のようですね」

「え?」

凛少将を見れば、彼はゆるゆると流れる川を眺めていた。穏やかな日に暖められた空気が辺りに満ちている。

「ずっと諦めた目をしていたのに、今はそこに意志が感じられます。どういう心境の変化があったんですか?」

かぐやは、その変化を感じるように胸に手を当てた。

「……隆勝様や凛少将に出会ってから、私の心はめまぐるしく動いていて……」

これまで単調に響いていたはずの心の臓の音が弾んでいる。それを手のひら越しに感じながら、かぐやはつたなく吐露した。

「誰かから蔑まれて、僻まれて、どうして黒鳶の皆さんは卑屈にならずに前を向くことができるのか。その強さの原動力を知れたら、自分もなれるかもしれないと思ったのです。人形以外のなにかに、替えの利かない存在に――」

かぐやがすべて言い終えると、凛少将は目を伏せた。

「替えの利かない存在、ですか。要するに誰かに必要とされたい……ということですよね。僕にも同じように悩んだ時期があります」

凛少将はふうっと気持ちを静めるように息を吐くと、前屈みになって両手を組んだ。

それから、意を決した様子で再び口を開く。

「僕は……蘇芳家の力で黒鳶に入れたんです。それも少将の座まで用意されていました」

落ち着かないのか、凜少将は組んだ手を何度も握り直している。きっと凜少将にとって、とても話しづらいことなのだ。

「当然、若輩者のくせに不相応な地位をもらえる僕を僻む者はいます。ですが、それ以前に僕の父が最低な人間でした」

「お父様が？」

「はい、僕の父は、鵑奥の邦で妖影の大群と黒鳶が対峙した日蝕大禍の際、総指揮を任されていた黒鳶大将でした」

そういえば、隊員の誰かが『さすが、無能な大将の息子』と凜少将を揶揄していた。

無能な大将というのは、凜少将の父親のことだったらしい。

「父の作戦はとても作戦と呼べるものではなく、ただ下役を次々と使い捨ての道具のように妖影のもとに送り込み、無謀な戦いをさせただけでした」

凜少将は悔しさなのか、怒りなのか、複雑な表情を浮かべて、組んだ手を爪が食い込むほど握っている。

「足りなくなれば補充する、そのくらいにしか考えていなかったと思います。おかげで、その息子の肩身は狭いんですよ。幻滅しましたか？」

苦笑する凜少将に、かぐやは慌てる。

「あ……いえ、私もおじいさまやおばあさまに、同じ思いをさせているのだろうなと、考えていました。親の罪は子の罪、子の罪は親の罪……それは絶対に違うのに、周りはそうは見ませんから……切り離すのは難しい、ですよね」

「自分を折檻した人たちでしょう。なぜ庇うんです？」

懲りないですね、と凛少将は呆れている。

「庇っているわけでは……」

かぐやはどう伝えるか困って、僅かに俯いた。

「ただ、私がいたせいでおじいさまたちには多くのものを失わせてしまいましたから、ふたりがああなってしまったのは、むしろ私のせいなのです。ですから、そんな自分が……とても嫌で……」

「……翁夫婦がどう思ったかはわかりませんが……少なくとも僕は、父が罪を犯した自分を少しでも責めてくれていたら、まだよかったのにと思います。まあ、もう死んでしまってますから、ちゃんと罪を償えと言えないのが、すっきりしないところです」

身体を起こした凛少将は、石に座ったまま後ろに手をつき、空を見上げる。

凛少将の父親が亡くなっていることと、それを彼がさらっと告げたことにかぐやは衝撃を受けていた。なんてことないように振る舞わないとならないほど、凛少将の中でもまだ消化しきれていないのだ。

「自分の価値を認めさせたいなら、自分の敵から目を逸らすな。味わった屈辱や胸の痛みを生きていくための原動力に変えろ」

　天を仰いだまま真顔でそう言った凜少将は、ふっと笑みをこぼす。

「昔、隆勝大将に言われたことを僕なりに解釈した言葉です。初めは親の罪を自分も背負わなくてはと重圧を感じていました。他の誰よりも失敗できない立場にいると……。ですがこの言葉があったから、僕は強くなれた」

　隆勝の言葉には説得力がある。それほど多くの苦境を乗り越えてきたのだろう。彼の揺るがない様を見ていると、引っ張られるのだ。心の枷すら引きちぎり、進まなければという気持ちになる。凜少将もそうして、自分の枷を壊したのかもしれない。

「僕は父の罪のせいで、自分の未来が閉ざされるなんてまっぴらごめんです。家柄血筋関係なく、僕自身を価値ある存在として認めさせたい」

　諦めて自分の殻にこもるのではなく、凜少将は逆風の中で立ち続けている。

　自分を認めてほしい、受け入れてほしい。その欲を素直に認めて、はっきり言葉にできる強さが眩しい。

「あなたは違うんですか？」

　凜少将の視線がかぐやにまっすぐに注がれる。

　今までは、望みを抱いたところで叶うはずがないと諦めていた。家族を不幸にした自分がと、自分の心を籠の中に閉じ込めて、手を伸ばすことさえ罪に思えてしてこなかった。けれど、罪を犯した身で捨てられたくないと思っている時点で自分は十分貪欲だ。

そういう欲を抱いてもいいのだと、凛少将が気づかせてくれた。

「いいえ、違いません」

かぐやは首を横に振る。自分にはない強さを持つ彼らに認められたい。黒鳶を辞めたくない、一緒に戦える仲間になりたいと思っている。

「だったら、いちいち傷ついている暇なんてないですよ。あなたはまず、自分自身を認めるところから始めてください」

「自分を認める？」

誰かに認められるように頑張るのではなくて？　と首を捻ってしまう。

「やりすぎはよくありませんが、自分の非を認められるところは、あなたの強みでもあると思います。先ほど、身内を失った彼に、その謝罪と誠意が届いたのがなによりの証拠です。あなたの言葉は本心から出たものだと、伝わったんでしょう」

「強み……」

自分の汚点でしかないこの卑屈さが、強みになるとは考えもしなかった。

隆勝も言っていたように、すべては心の持ちようなのかもしれない。

その卑屈さがあるから、素直に自分の背負った罪と向き合える。背負った罪があるから、同じ立場の人の痛みが理解できる。傷を負ったから、打たれ強くなる。心が錆びたから、生まれ変わりたいと思える。その汚点こそが自分の鎧になるのだ。

「さあ、休憩はそろそろ終わりです。行きますよ」

先に腰を上げた凜少将が手を差し出してきたことに、きょとんとしてしまった。

今こそ普通に話せているが、昨日かぐやは凜少将を怒らせた。思い出すだけで胸がずんと重たくなり、もう許してもらえたのだろうかと凜少将をじっと観察する。

かぐやの視線に気づいた凜少将が眉を顰めた。

「なんです、じろじろ人の顔を見て」

「あっ……無粋で申し訳ありません。私、昨日のことで嫌われてしまったかもと思っていたので、手を差し出してくださったことに驚いてしまって……」

「は？　別に嫌いじゃありませんよ」

そう即答したあと、凜少将は「っ、いや……」と慌てたように首を横に振る。

「だからといって、好きでもありませんからね！」

「え……それはやっぱり、嫌いということでは……？」

しおしおと項垂れるかぐやに、凜少将は「違うから！」と歳相応の反応を見せた。

こちらが素なのだろうか。新鮮で驚いていると、ふいっと顔を背けられてしまう。

「先ほど僕を庇ってくれたでしょう。その借りを返しただけです！　いちいち説明しないとわからないなんて、面倒な方ですね！」

差し出した手を引っ込め、凜少将はかぐやに背を向ける。その間際、一瞬目に入った凜少将の横顔はほんのり赤かった。

すたすたと歩き出してしまう凜少将を、かぐやが呆然と見つめていると——。

「早く来る！」

「はっ、はい！」

　叱られたかぐやは急いで立ち上がり、小走りで凛少将を追いかける。

（凛少将に嫌われていなくてよかった。ちゃんと気持ちを確かめてみてよかった）

　これも隆勝が、自分の気持ちを伝える大切さを教えてくれたからだ。それを行動に起こせたことに、少しだけ自信がついたかぐやの足取りは、昨日よりもずっと軽かった。


　その日の捜索が終わり、隆勝と帰路についていたかぐやは、ひどく落胆していた。

（今日も収穫がないなんて……）

　妖影と対峙することができれば、天月弓を出せるかもしれないのだ。その機会が巡ってこないことに焦り、思わずため息をつくと、隣を歩いていた隆勝がこちらを向いた。

「今日、その身を挺して凛少将を守ったそうだな」

　他のことに気を取られていたせいで、一瞬なんのことを言われているのかわからなかった。もしかして、町民から水をかけられたときのことだろうか。

「あれは、守ったというほどのことでは……」

「凛少将はそう思っている。こういうのは受け取り手がどう感じたかがすべてだろう。相手の感じ方まで自分の主観で捉えるな。見るべきものが素直に見えなくなるぞ」

　隆勝の言葉はかぐやに気づきをくれる。ゆえにかぐやも、そういうものなのかと耳を傾けた。

「その町民も行き場のない感情をぶつける相手が必要だった。大体の人間はその剝き出しの感情から逃げるが、お前は正面から向き合った。誠意が伝わったゆえに、その男も退いたのだろう」

「隆勝様……私は、あのとき天月弓を出せていればと悔いずにはいられなかったのです。ほとんど、罪悪感に突き動かされてあのような行動を……」

「この仕事に就いている者たちのほとんどは、守れなかった、その罪悪感の積み重ねに突き動かされているようなものだ」

　前に向き直った隆勝の目が、ここではない、どこか遠くを見つめている。

「ときどき、その重みに吞まれそうになるが、被害に遭った者たちの思いを背負って妖影を狩る。お前はこの仕事において最も大事なことをわかっている」

　再びかぐやを振り向いた隆勝を見た瞬間、心の臓を摑まれた気がした。

「よくやった」

　こちらの心を見通して、優しく理解するような目。かぐやの中で暴れていた焦りが少しずつ大人しくなっていく。

「それで、凜少将の強さの源は知れたのか」

「あ、はい……私なりに。その……凜少将はどんなに僻まれても、お父様の罪で責められることがあっても、自分の未来を諦めていませんでした。そのために自分の価値を認めさせようと、喧嘩を吹っかけるみたいに貪欲に立ち向かっていらっしゃって……」

　まるで凛少将の強さの熱に当てられたかのように、かぐやの心も奮い立っている。

「堂々と欲しい物を言える凛少将が、私にはとても眩しく見えたのです。色んなしがらみに囚われても、心に素直に従えること。それも強さなのだと思いました」

「そうか、凛少将はお前に自分のことを話したのだな」

　隆勝はどこか嬉しそうに表情を緩めている。

「凛少将は確かに蘇芳家の計らいで黒鳶に入ったが、用意されていた少将の地位に就くことを断った。背負う必要がない罪を背負いながら下級の隊員から始め、実力でここまで上ってきたのだ。ただ、新入りの隊員はそれを知らない。凛少将の父親の噂だけを聞き、僻みの捌け口にしている」

「それなら……その、大将である隆勝様から説明すれば、やっかみも収まるのでは？」

「それをしてやるのは簡単だが、皆の目が変わるのは僅かな間だけだ。また新人が入れば、噂を鵜呑みにして陰口を叩く。結局、実力で認められるしかない。実際、あいつの下で働く下役たちは何度か仕事を共にすれば、従うに足る存在だと思い知る」

　では、昨日一緒に巡回をした隊員は新人ばかりだったのかもしれない。

「私にも……できるでしょうか。化け物だと後ろ指をさされながらも、立ち続けることが。私も……価値がない人形のままは……嫌です」

　鳥籠の中から空に焦がれているだけの自分も、ただそこで息をしているだけの人生も、誰にも見向きもされず、いつかひとり寂しく腐り果てる運命も嫌だ。

（私も……未来が欲しい）

「変わりたいと思い続けていれば、自分がどうなりたいのかがわかっていれば大丈夫だ」

隆勝の目には優しい光が灯っている。

「目標があれば、自分を蔑む他者の言葉にも惑わされない。凛少将も初めから強かったわけではない。黒鳶に入ったばかりの頃は、お前みたいになにもかもを諦めていた」

隆勝に励まされる前の凛少将のことだろう。消えない親の罪に翻弄されるうちに、挫けそうになったこともあるはずだ。

「他者の言葉は心を蝕むこともある。お前は自覚していないだろうが、『お前はなにもできない』『言われた通りに動かなければならない』と、そう刷り込まれてきたのではないか？　自尊心が低いのはそのせいだろう」

「……っ」

さーっと血の気が失せ、思わず立ち止まってしまう。

居場所を失いたくないから、捨てられたくないから、今まで自分の価値は翁と媼の願いを叶えてこそ生まれるものだと思っていた。

（そう……思い込まされていた……？）

自分の根幹が揺らいでしまうような感覚に焦りが込み上げてきたとき、頭の上に心地よい重みを感じる。

「……すまない、焦りすぎたのは俺も同じだな」

顔を上げれば、悔やむような表情の隆勝と目が合う。かぐやに合わせて足を止めてくれたのだ。そのことに気づかないほど、隆勝のそばにいる自分が気を張らなくなっていたことに気づく。彼の背を見失わないようにと、必死になっていたのが嘘みたいだ。

「理不尽なことはこの世にごまんとあるが、自分を殺すくらいなら異を唱えていい。黒鳶には傷ついたからこそ、負けたくないという反骨精神で上がってきた者が大勢いる。見本にできる人間がいるのだ、もっと頼れ」

自分の境遇に抗って生きている凜少将や隆勝を見ていると、自分に欠けていたものが少しずつ見つかっていく。それが痛みを連れてくることもあるけれど、そのたびに自分が生まれ変わっていくような感覚も嫌いではない。使われるのを待っているだけの道具だった頃の自分より、飾られるだけの人形だった頃の自分より、価値ある存在に近づけていると思える。

「今も頼りきりなのに、もっと……いいのでしょうか?」

「お前は今までの自分に抗い始めた。いい方向に進んでいると俺は思う。俺たちの存在がお前の糧になるのなら、構わん」

「それでは、あの……隆勝様の目を……近くで見たいです」

隆勝は一瞬固まり、「……!?」と言葉では言い表わせないほど驚いていた。

「あ……その、ご迷惑でしたら無理にとは……」

「……ああ、いや、目……だったか。なぜかはわからんが、気が済むならそうしろ」

我に返ったらしい隆勝が、かぐやの背に合わせるように膝を折る。

「失礼します」

かぐやは隆勝の顔を両手で包んだ。そのとき、隆勝の肩がぴくりと跳ねた気がしたが、なにも言われなかったので、その瞳を覗き込む。

屋敷に来た日、隆勝が向けてきた目には失望が映っていた。けれど、かぐやが殺してきた自分を露わにするたび、喜びの色を宿す。それを見ていると、変わることが怖いのに、変わっていくことに心が躍るのだ。

欲しかったものを余るほど注がれているようで、胸が温かくなるのを感じながら隆勝の瞳を飽きずに眺めていると、隆勝の手が躊躇いがちに伸びてきて、左頬に添えられた。

（え……）

目を見張るかぐやに気づいていないのか、隆勝は親指の腹で感触を確かめるように肌をさすってくる。

「……っ」

羽毛に撫でられているかのような優しい触れ方がくすぐったくなったかぐやは、左目を細めながら身を捩った。すると隆勝も無意識だったのか、はっとしたようにひとつ瞬きをする。

「……！　すまない」

隆勝はぱっと手を離し、屈むのをやめてしまう。隆勝は信じられないといった様子で、かぐやを見つめていた。

隆勝が立ち上がった拍子に離れた手は、彼の体温が移ってしまったかのように熱い。

かぐやはなぜだか隆勝の顔を見られなくなり、ぎゅっと両手を握り締めた。

「い、いえ……」

視線を落としながら返事をすると、隆勝は首の裏を押さえながら、微かに赤みを帯びた顔を背けた。

「……満足したか」

「は、はい……もう大丈夫……です。ありがとう、ございました」

下を向いたまま、もじもじとお礼を伝える。

お互いに目を合わせられないでいると、隆勝が可笑しそうにふっと息を漏らした。

「このような往来で、俺たちはなにをしているのだろうな」

柔らかい声音につられて、かぐやも「そうですね」と、はにかんでしまう。

隆勝は目を見張ったが、やがて腕を差し出してくる。示し合わせたわけでもないのに、かぐやは隆勝の着物の袖を掴んだ。それを見届けた隆勝は満足そうに微笑し、ゆっくりと歩き出す。

「一昨日あたりから、都に現われる妖影の数が増えているのは、俺と凛少将の会話で聞いていたな」

「はい……でも、なぜ急に……」

「悪く取るな。俺はお前が都に来たことと関係があると思っている」

「……！」

「妖影の言葉がわかることといい、お前と妖影にはなにか繋がりがあるのではないかとな」

「まさか……私が妖影を引き寄せているのでしょうか？」

思えば隠岐野にいたときも、高い頻度で妖影と遭遇している。妖影を引き寄せるなんて、自分の存在が隆勝や黒鳶や都の人たちを危険に晒してしまうのでは……？

「悪く取るなと言っただろう」

俯きそうになったかぐやを隆勝の声が止めた。

「そうであったとしても、俺は悪く捉えてはいない。むしろ邦の各地で暴れられるより、一か所に集まってくるほうが退治しやすいからな」

隆勝の物言いからは慰めようとか、そういった他意は感じられず、それが逆にかぐやの気持ちを軽くした。

「隊員や町の人間が、お前と妖影の関係性に気づく可能性もある。そうなれば風当たりは厳しくなるだろう。前もって心づもりはしておいたほうがいいと思ってな」

かぐやは驚きながらも頷く。いきなり拒絶されるよりも衝撃はいくらか薄まる。隆勝のような気遣いをしてくれる人は今までいなかった。都合の悪いことを耳心地のいい嘘で覆わない隆勝の実直さに、救われてばかりだ。

「かぐや姫！」

そのとき、聞き覚えのある声に名前を呼ばれて辺りを見回す。相手はこちらへ駆けてくるなり立ち止まることなく、がばっと抱き着いてきた。

「れ、零月兄さん？　どうしてここに？」

突然の抱擁に心の臓が飛び跳ねそうになるも、かぐやは懐かしい零月の腕の中から出ようとは思わなかった。

「ああ、いきなりすみません。かぐや姫に会えないものかと思いながら歩いていたので、姫の姿を見つけて、つい嬉しくなってしまって」

零月は苦笑しながら少しだけ身体を離すと、かぐやの頬に手を添えた。

「都に行くかぐや姫を見送るつもりでいたのですが、屋敷に行ったらもう出立したあとだと聞いて驚きました」

「事前にお知らせできず、心配をおかけしました。日取りが突然決まってしまったもので……」

翁方には本当に参りますね、と零月はため息をつく。

「前にもお話ししたかと思いますが、私は今、都で仕事を請け負っているのです」

「花娼の髪飾りを作られるのですよね」

彼は本当にすごい。この手で、かぐやにくれた髪飾りのように繊細で美しい物を生み出せるのだから。

「私の話を覚えていてくださったとは、嬉しいですね。そうなのです、ありがたいことにたくさんご依頼いただきましたので、しばらくは都にいられます」

「……！　では、また会えますでしょうか？」

零月の着物の袖を掴み、縋るように見つめてしまう。慣れない土地で新しい環境に必死に馴染もうとしているかぐやにとって、兄の存在がどれほど心強いことか。

目を丸くした零月は、すぐに口元を緩めた。

「そちらの旦那様が許可をくださるのなら、毎日でも」

零月の視線を受けた隆勝は眉をぴくりとさせる。突然現われた男を警戒しているのか、いつになく無表情だった。

「おや、違いましたか？　てっきり、あなたがかぐや姫の夫君かと思ったのですが……」

半分だけ流れる貴族の血がそうさせるのか、零月の微笑みには品がある。

「……違わん。俺がかぐや姫の夫だ」

隆勝は夫だと言い切った。この状況でそう説明する他ないとはいえ、面映い。

「やはり……そうでしたか。名乗り遅れまして、申し訳ありません。私は錺職人をしております、零月と申します」

隆勝の圧に面食らったのか、言葉を詰まらせつつも零月は笑みを絶やさない。

「俺は祇王隆勝だ」

「存じております、黒鳶大将殿は有名ですから。それにしても……」

零月は怪訝そうに、黒鳶の紋が入った着物に身を包むかぐやを上から下まで眺める。

「ふたり揃って逢引……ですか？　なにやら、かぐや姫のお召し物が様変わりしているようなのですが……」

「あ……私、今は黒鳶で隆勝様と一緒にお仕事をさせていただいているのです」

「……黒鳶で、ですか？　かぐや姫がなぜ？」

今までかぐやは一歩たりとも自由に外へ出ることは叶わない、籠の中の鳥も同然だったのだ。買い与えられたものを食べ、身に着ける……餌を貰わなければ生きられない存在だった。それが仕事をしているだけでなく、妖影を狩ることを求められる黒鳶にいるともなれば、零月が困惑するのは当然だ。

とはいえ、能力のことを話す勇気はなかった。零月もかぐやの噂くらい耳にしているだろうが、それでも他者と違うことを自分の口から打ち明けるのはまだ怖い。

どう返事をすべきか悩んでいると、すっと目の前に隆勝が立った。

「悪いが、任務の内容は話せない規則になっている」

「あ……そう、ですよね」

零月は眉を下げながら微笑む。

「讃岐家にはずっと贔屓にしてもらっておりまして、かぐや姫が幼い頃から付き合いがあります。なので私にとって、かぐや姫は妹のような存在なのです。黒鳶は人斬りの妖影を追っているとか。かぐや姫が危ない目に遭っていたらと気が気でなく……」

肩を竦める零月に、隆勝の表情が険しくなった。

「失礼、都にはいつ来られたのですか？」

「実は一刻ほど前に着いたばかりなのです」

零月はかぐやを振り向き、柔らかく目を細める。

都に来てすぐに再会できたのは幸運な偶然だった。でなければ彼のことだ。何日でも自分を捜してくれていただろう。手間をかけさせずに済んで、ほっとする。

「それでもう人斬りの噂を耳に？」

隆勝は眉を顰める。先ほど妖影が増えているという話をしたばかりだ。それがかぐやと関係があると踏んでいるからか、その縁者との繋がりも気になるのだろう。

「ええ、花楽屋でもかなり話題になっていましたから」

零月は追及に嫌な顔もせず答えているが、ふたりの応酬にはらはらしてしまう。

「そうか。気に障ったら申し訳ないのだが、その目の色は生まれつきか？」

隆勝と初めて会ったとき、彼は妖影と同じ瞳の色であるかぐやを妖影憑きなのではないかと疑っていた。もちろんそれだけが理由ではないだろう。だが、零月のことも怪しんでいるのはわかる。

かぐやは見かねて、隆勝の着物の袖を躊躇いがちに引いた。

「隆勝様、零月兄さんには異国の血が流れているのです。それで瞳の色が金色なのです。

ですから……」

零月兄さんは悪い人ではありません、と訴えるように見上げる。

隆勝はかぐやを横目で打ち見て、静かに息をついた。

「すまない、仕事病だ。かぐや姫も零月殿がいれば気が休まるだろう。時が許すようなら、その機会にでもかぐや姫に会いに来てくれ」

隆勝はそう言って、自分の屋敷のある場所を口頭で説明した。

「っ、ありがとうございます、ありがとうございます、隆勝様」

隆勝の厚意に気持ちが晴れ渡る。何度も頭を下げるかぐやに「かしこまりすぎだ」と隆勝は複雑そうに笑った。

「零月兄さん、よかったで……」

よかったですね、そう話しかけようとして、かぐやは口を噤む。零月がじっと、隆勝の袖を掴んでいるかぐやの手を注視していたからだ。

「零月兄さん？　長旅でお疲れなのでは？」

心配になり声をかけると、零月が微笑んだ。

「ああ、申し訳ありません。どうやら、そのようです。私としたことが、ぼーっとしてしまいました。隆勝様、時が許せば必ず、お訪ねさせていただきます」

「ああ、うちの女房にも話を通しておく」

「重ねて、お心遣い感謝いたします。それでは、このような往来で立ち話をしていてはなんですから、私はそろそろ仕事に戻ります。かぐや姫、しばしの別れです」

かぐやに向き直った零月は、離れるのを惜しむように切なく笑む。

「できるなら、私が連れ去って差し上げたかったのですが……」

かぐやが「え？」と目を瞬かせていると、隆勝の手がぴくりと動いた気がした。

「こうして感情を前よりも外に出せているあなたを見たら……あの鳥籠からあなたを解放したのが隆勝様でよかったと、そう思います」

零月はかぐやをあの家から連れ出せなかったことを気にしているのか、少し寂しそうだった。

「零月兄さ……」

「……かぐや姫、また会いに行きますね」

それ以上踏み込まれるのを恐れるように、零月はかぐやの言葉を遮った。

かぐやの髪をさらりと梳き、零月は去っていく。

あっという間に終わってしまった再会にがっかりしながら、その背を見つめていると、

「零月殿には気を許しているようだな。触れられても怯えていない」

隆勝が物憂げな声で言う。

「あ……零月兄さんは、私が初めて信じられた人……ですから」

苦い面持ちで沈黙した隆勝は、不服そうに切り出す。

「隠岐野の家が鳥籠だと知っているなら、お前が翁たちにされていたことも知っていた

のだろう？　そこから連れ出すこともできたはずだ」

「ですが、失敗すれば二度と会えなくなっていたでしょう。零月兄さんにとって、おじいさまたちは大事な取引相手ですし、屋敷から娘を攫ったなんて噂になれば仕事も失います。私は零月兄さんを、おじいさまたちと同じ目に遭わせたくはありませんでした」

自分のせいで翁たちは竹取の仕事を失い、貴族から貢ぎ物を搾り取ることになった。

あんなふうに零月も、悪事に手を染めなければ生きていけなくなる状態に追い込まれでもしたら、自分を許せなくて自死を選んだかもしれない。

「……すまない、お前の兄に対して随分な言い方だった」

「いいえ、私を案じて言ってくださったのだと、わかっていますから……」

首を横に振って微かに笑みを向ければ、隆勝は返事の代わりに柔らかな表情でかぐやの頭に手を乗せる。それから、どこか物憂げに零月が去っていったほうへと目を向けた。

翌日も、かぐやは黒鳶の任務で町に来ていた。

二日前から捜索している人斬りの妖影は、こちらを警戒しているのか、かぐやが失態を犯した日からなかなか姿を現さない。成果をあげるべく前日に引き続き人員を増員し、上官がそれぞれ自分の班を率いて町を巡回しているのだが……。

「黒鳶は例の人斬りの妖影をまだ見つけられてないらしい」

「ちゃんと仕事してもらいたいね」

町民の黒鳶を見る目は、日に日に辛辣になっている。

自分にできることをやってはいるが、なかなか結果に繋がらない。その間にも、いつも命懸けで町を守っている黒鳶の皆が非難される。焦らない、落ち込んでも仕方ないとわかってはいるのに、心はままならない。

密かにため息をこぼしたときだった。前を歩いていた凛少将の背中に、どんっと額をぶつける。

「あっ……」

額を押さえながら驚いて顔を上げれば、凛少将は呆れた様子で振り返っていた。

「地面に妖影が埋まっているんですか？」

無意識に下を向いて歩いていたらしい。またうじうじして、と思われているのだろう。

ふと前に、ひとりで考えて身動きが取れなくなるくらいなら話せ、と言われたのを思い出す。

（相談、してみようかしら。隆勝様も頼れとおっしゃってくださったし……）

よし、と心の中で意気込んで凛少将を見つめる。

「あ、あの……っ」

「少し待ってください」

かぐやの声を遮った凛少将は、後ろに控えていた隊員らのほうを見る。

「この辺りで手分けして聞き込みをしましょう。成果がなければすぐに場所を移りますので、必ず互いが見える位置にいるように」

隊員たちは「はっ」と言って散ると、各々町民らに聞き込みを始める。凛少将が、かぐやのために話をする時間を作ってくれたのは明白だった。

「凛少将、ありがとうございま……」

「どうせ、周りの声が気になって任務に集中できていないんでしょう」

図星を指され、目を丸くしてしまう。それを肯定ととったのか、凛少将はため息をついた。

「大した自信ですね。もう一端に落ち込めるなんて」

「え……？」

「落ち込むということは、うまくいくかもしれないという気持ちがどこかにあるからです。ですが、この仕事はそんなに甘くはありません。入ったばかりのあなたが、なんでもできると思わないことです」

手厳しいけれど、最初から結果を出せなくてもいいのだと励ましてくれているように聞こえた。

「ありがとうございます」

「別に……」

お礼を言うと、凛少将は赤い顔をそっぽに向けて照れていた。そしてなぜか、怒ったように「いいですか！」と言い、つんと顎を上げる。

「新入りはなにも知らなくて当然ですし、なにもできないのが当たり前なんです！　仕事について相談できるのは、新入りにだけ許された特権なんですよ！」

「は、はいっ」

「ひよっこのあなたから見れば、誰の指示も受けずに任務をこなしてる僕たちがすごい人間に見えるでしょうが、全員もれなく新入り時代を経験して今の地位にいます。ですから、ひよっこは見える範囲でできそうなことを一生懸命やればいいんです！　覚えておくように！」

「わか、わかりました。……師匠」

強く頷くと、凛少将は「し、師匠？」とぎょっとする。

「いろんな気づきをくれる人は皆、師匠と仰ぐものだと書物で学んだのですが、いけなかったでしょうか……」

「あなたの対人能力が書物並みということがよくわかりました。師匠はしまらないので、人前では……やめてください。まったく、急になにを言い出すんだか……」

凛少将がぼやいている。だが、かぐやは目の前が晴れたような気分だった。

ひよっこのくせに黒鳶の即戦力になろうと思うこと自体が驕りだった。足を引っ張る段階にすらないのだ。お荷物になることも込みで自分を受け入れてくれている。

自分にできることをすればいいと何度も言われていたはずなのに、周囲の声に呑まれて忘れてしまっていた。今はひとりではないのだ。穴にはまって身動きが取れなくなる前に、引き上げてくれる人がいる。心強いな、と思いながら凜少将を見つめた。

聞き込みも、かぐやにしかできないやり方がある。目を閉じて耳を澄ませていると、

「かぐや姫？」

黙り込んだかぐやを不思議に思ったらしい凜少将の声がした。だが、それには答えずに雑踏の中で妖影の声を探す。

（もっと集中して、もっと遠くまで……）

深呼吸を繰り返すと、自分の息遣いに合わせて精神が研ぎ澄まされていくのを感じ、雑音が少しずつ遠ざかった。

『――アア……ガ……イタ……』

願いが通じたのか、ようやく捉えた声に思わず高揚した。

（もっと耳を澄まして……逃さない）

集中すればするほど、こめかみのあたりがズキズキと痛むが、あと少しで辿り着けそうだ。声だけでなく、妖影の気配に――。

『――オ腹ガ……空イタ……』

はっきりと妖影のいる方角を感知できたかぐやは、はっと目を開けると凜少将の手を両手で摑んだ。

「見つけました！」

「なっ、いきなりなにを⁉」

動揺している凜少将には申し訳ないが、その手を強引に引いて駆け出す。

「はあっ、妖影の場所……っ、たぶん、こちらに……っ」

「……っ、全員あとに続いてください！」

凜少将はすぐさま状況を把握し、その場に散っていた隊員らに指示を飛ばす。

先陣を切って人混みを掻き分けながら走っていると、都の外れまで来た。

「あれを見てください」

凜少将が声を潜めながら指さした場所には、山を背に立つ鳥居がある。木々に囲まれていて薄暗い社へ続く石段の途中に、あの蟷螂のような妖影がいた。

「どうやら他の人間に取り憑かなかったようですね。妖影のままです」

小声でそう言った凜少将はかぐやの肩を押して、すぐそばの茂みに身を隠すようにしゃがませる。かぐやたちのあとをついてきた隊員たちも、それに倣って腰を落とした。

すぐに突撃せず、妖影の様子を窺っていた凜少将に隊員が声をかける。

「凜少将、早く倒さなくていいのでしょうか？　ここに隠れているうちに、また取り逃がしてしまうのでは？」

「一昨日、戦ってわかったでしょう。あの妖影は僕と隊員数名を簡単に振り切りました。今度こそ確実に捕まえるために、大将と中将の応援を待ちます」

　ここにいるのはかぐやと凜少将、そして隊員が五名。人数が勝負を決めるわけではないと身をもって知ったあとだ。凜少将が慎重になるのは至極当然。

凛少将は後ろに控えている隊員たちを振り返る。

「そこのあなた、大将と中将を呼んで来てください」

「わ、わかりました」

指名された隊員は音を立てずに、その場を離れていく。

凛少将は「さて……」と妖影に視線を戻した。

「応援が来る前にあの妖影がこの場を離れるようでしたら、僕たちだけで対応するしかありません」

かぐやたちの間に緊張が走った。凛少将の額にもうっすら汗が滲んでいる。それだけこの妖影を取り逃がすことは、もう許されない状況なのだ。

「かぐや姫、あなたにしか妖影憑きの人間は救えません。もし僕たちの誰かが憑かれたときは、あなたが頼りです」

凛少将の真剣な眼差しに胸を突かれ、かぐやは息を呑む。

「可能性があるのなら、どんなに不利な状況に陥ったとしても、あなたが力を使う機会を作ります。ですからあなたも、最後の一瞬まで足掻いてください」

非情だと思われてしまうかもしれないけれど、かぐやには隆勝のような帝のため、太平の世のため、そんな崇高な志はない。鳥籠の中にいたかぐやには、この目が届く範囲にいる人たちのことを考えるので精一杯なのだ。

自分が取り逃がした妖影に愛する人を奪われた、あの彼に罪滅ぼしをしたい。町の人の黒鳶への印象を少しでも変えたい。凜少将や隆勝の期待に応えたい。彼らと一緒にいるのに相応しい人間になりたい。そんな我儘な願いを叶えるために、自分の意思で決めた。

「今度は絶対に、途中で諦めたりしません。足掻きます、みっともなくても、何度でも」

この緊迫した空気がそうさせるのか、気持ちが高ぶっていた。腹の底から、闘志が湧き出てくるような感じがする。

「いい返事です。それが聞けたところで、どうやら僕たちが行かなくてはならなくなりそうです」

凜少将はかぐやに小さく笑いかけたあと、厳しい面持ちで妖影を見据える。

妖影は飢えに耐えられなくなったのか、鎌を引きずりながら人のいる大路のほうへと歩き出していた。

「行きますよ！」

凜少将は弓を構えると、先陣を切って茂みから立ち上がった。

『──ギーッ！　肉ダ……血ダァァァ！』

妖影は凜少将に気づくと、方向転換して向かってくる。

「全隊員、背後に回り込んでください！」

凜少将が妖影を引きつけている間に、隊員たちは指示通り背後に陣取る。凜少将は三本の矢をつがえると、まとめて放った。

『グギィィィッ！』

その矢の威力は凄まじく、妖影は甲高く叫びながら後退する。すかさず隊員たちは、続けざまに妖影を背後から縦に両断した。それに悲鳴のような叫び声をあげる妖影だったが――。ぐるんっと頭を回転させ、妖影は最後に自分を斬りつけた隊員を振り返った。次の瞬間、信じられないことに太刀を巻き込むようにして妖影の身体が再生していく。

「ぐぬぬぬっ、太刀が抜けない！」

どよめく隊員に向かって、凛少将が駆けていく。

「武器を捨てて離れてください！」

「うわああああっ」

妖影が逃げ遅れた隊員の首に鎌を回し、自分のほうへと引き寄せる。武器もなく抗う術のない隊員の頭は、ばくりと妖影の大きな口に呑み込まれていった。

「……！」

喰われてしまったのかと心の臓が止まりそうになったのは、かぐやだけではないだろう。だが、頭を喰らった妖影の口から「放せ！」と、くぐもった悲鳴が聞こえてくる。頭を呑み込まれた隊員は生きていたのだ。

隊員は両手で自分の頭を呑み込んでいる妖影を引き剝がそうとするが、粘着力が強くべったり顔に張り付いて離れないようだ。どうやら隊員に取り憑こうとしているらしい。

「はあああっ！」

妖影の前に飛び出した凜少将は、抜刀の勢いを殺さず、水平に払うかのように太刀を振るう。斬撃は妖影だけを薄く斬りつけた。妖影の顔がぱっくりと裂け、そこから隊員の顔が現われる。少しでも計算が狂えば、隊員の顔面に刃が届いていただろう。

『グギィィィィッ！』

悲鳴をあげ、妖影は隊員から飛び退く。隊員は妖影の中で窒息しかけていたのだろう、その場に崩れ落ち、汗をびっしょりとかきながら大きく息を吸い込んでいる。

座り込んでいる隊員を、凜少将はすぐに背に庇った。

「凜少将、ありがとうございま……」

「あなたたちのことは、僕が絶対に死なせません！」

凜少将は太刀を構えたまま、隊員の言葉を遮る。

「武器を奪われたあなたは、逃げることに専念してください。他の者は、妖影をここから逃がさないよう食い止めますよ！」

隊員たちは感極まった様子で凜少将を見つめ、太刀を奪われていない者はすぐに「はい！」と応えた。

——ひゅ～ひゅるり、ひゅるりら～。

ふいにあの冷たく尖った笛の音が響く。石段の上、大きな鳥居に夜叉が立っていた。

「報告には聞いていましたが、あれが夜叉ですか。面倒なのが増えましたね」

顔を顰める凜少将の額から汗が滴り落ちている。

『ギィィィッ！』

不穏な音色に妖影はまるで歓喜するように身体を震わせた。凛少将に斬られた場所が瞬く間に再生し、妖影は自分の近くにいた隊員らに一気に飛びかかるや鎌を振り回す。

「くっ、ぐああっ！」

隊員たちは太刀で弾くも、その威力は格段に増していた。鎌の威力に押し負けて尻餅をついた隊員に妖影は容赦なく襲いかかる。

『――ギーッ！』

太刀を振るう暇はなかった。凛少将は隊員の前に身を滑り込ませるので精一杯だったのだろう。隊員に覆い被さった凛少将の背に、妖影が鎌を突き立てる。

「うっ、があああああっ」

「凛少将！」

鮮血が散る。痛みに身体を仰け反らせた凛少将に、かぐやは悲鳴混じりの声をあげた。

「ぐうっ……」

凛少将の背からずぶずぶと入っていく妖影。凛少将は膝をつき、なにかに耐えるように震えながら、目の前で放心している隊員を見る。

「凛、少将……なぜ、自分を庇って……あなたは、少将なのに……っ」

「いいから、はや……く……早く、逃げて下さ、い……っ」

凛少将の自我があったのは、そこまでだった。糸が切れたかのように、ガクッと力なく首を前に垂らす。隊員は歯がゆそうに凜少将から距離を取った。

（どうしよう、どうしよう、どうしよう！）

焦りから、思考がその一言に押し流される。

きゅううっと視界が狭くなり、鼓動が早鐘を打ち、息が上がる。

凜少将は夜叉の笛の音に操られるように、ゆらりと身体を起こした。ゆっくりと立ち上がる凜少将の両腕は、表面がぼこぼこと盛り上がって鎌の形に変わっていく。

「ああ……嘘っ……」

虚ろな凜少将の双眼を見て、かぐやは両手で口元を押さえた。

（凜少将が妖影憑きになってしまった……応援は……）

後ろを振り返るが、隆勝たちが来る気配はまだない。残った隊員たちも指揮官を失って放心しており、まともに戦えそうにない。

（応援が来たとしても、私が天月弓を出せなければ、凜少将は妖影憑きとして討たれてしまう……）

筵に包まれた彼女の姿を思い出し、心の臓がドクドクと嫌な音を立てる。冷や汗も止まらない。

（私、凜少将の命を諦めたくない）

もう逃げないと決めたはずだと、震えて崩れ落ちそうになる足に力を入れる。

（私が……なんとかしないと。最後の一瞬まで足掻くって、凜少将に約束したから！）

現実を認識した瞬間、気持ちが切り替わった。頭の中の真っ白な靄が消え、先ほどとは打って変わり視界が広がる。

「グギギギギ……」

凜少将の瞳が爛々と金色に光っている。凜少将は馳走を前にした獣のように涎を垂らし、荒い息を吐いた。

罪を犯した父を持つがゆえに、周囲は凜少将の失敗により厳しい目を向ける。たとえ操られていたからだとしても、もし仲間を傷つけたとなれば、妖影から解放されても凜少将はやっぱりあの父親の息子だと一緒くたに謗られ、黒鳶にいられなくなるかもしれない。そうでなくとも、少将から下級隊員への格下げも考えられる。

（こんなことで、凜少将が築いてきた居場所を失っていいはずがない。凜少将に仲間を殺させてはいけない。絶対に……！）

そう思った瞬間、鼓動がドクンッと強く脈打った。身体の奥が熱を持ち、全身に血が駆け巡る。なにかが目覚めるようなこの感じ……覚えがある。ふわっと浮き上がった髪が金色に色づいていくと、そこへ足音が近づいてきた。

「あれはかぐや姫――と、夜叉！」

海祢中将の声がしたが、今の感覚を手放さないでいるのに必死で反応できない。もしここで集中力が切れてしまったら、また同じように力を使える自信がない。

「あの髪……やはり、あの妖しの姫の噂は実だったのか？」

「だが……神々しい光だ」

弾けるような光の粒が右手に集まり、あの弓が現われた。それをゆっくりと構えれば、再び集まってきた光の粒が矢となってつがえられる。その一連の様子を見ていた隊員たちは、畏怖の声をあげる者、金色の輝きに見入る者と、さまざまだった。

姫巫女なんて立派な称号を与えられても、これだ。皆のかぐやを見る目は変わらない。

（ああ……怖い）

どうして、忘れていたのだろう。この力を必要としている人がいる。初めてありのままの自分を受け入れてもらえるかもしれない場所にやってきて、浮かれていたのかもしれない。最後まで足掻くと決めたはずなのに、心がぐらつく。だが、そのときだ。

「あれが妖影憑きを救うことができる我らが姫巫女の力だ！　その目でしかと見届けよ！」

隆勝の空気を貫くような一声が、置き場を失っていたかぐやの重心を落ち着かせた。

隊員もぴたりと黙り、困惑しながらかぐやを見つめている。

「姫巫女の力があれば、妖影憑きを殺さずに済む……ってことか？」

「隆勝大将みたいに神光に守られているのではないか？」

「妖影が蔓延るこの世を憂えて、神が遣わした天女に違いない」

今まで向けられたことのない期待の眼差しに戸惑って、隆勝のほうを見る。

隆勝は『迷うな』と鼓舞するように強く頷いた。

そうだ、皆に恐れられても黒鳶の隊員たちは、民を守り戦う己を卑下していない。

ならば、化け物と恐れられても、凛少将を助けようとしている自分のことだけは肯定しなくては。間違ったことはしていないのだから。

かぐやは揺れ動いていた心が固まっていくのを感じつつ、しっかりと弓柄を握り直す。

(隆勝様……ありがとうございます)

おかげで、取り乱すことなく弓を引くことができる。

「隆勝大将、夜叉は俺たちに任せてください！　弓、構え！」

海祢中将は自分の班員と共に、鳥居の上にいる夜叉に向かって弓を構える。

「承知した。一班と三班はかぐや姫を援護する。抜刀！」

隆勝と凛少将の班員たちが一斉に太刀を抜く。

こちらの敵意を感じとったのか、凛少将はカッと目を見開いた。その瞳は飢えた獣のようにぎらついており、「ガアアアッ」と叫びながら襲いかかってくる。

すると隆勝が先陣を切り、疾走する。助走の勢いをつけたまま、太刀で凛少将の鎌を弾いた。今まで見たどの隊員よりも、どんと重みがある一撃だった。

「攻撃の手を止めるな！　そのまま押し返せ！」

飛び退いた凛少将を鋭く見据えたまま、隆勝は命ずる。

隊員らが「おお！」と応え、五月雨のように攻撃を浴びせた。凛少将はどんどん押されていき、ついに石段へ後ろから倒れ込む。鎌を交差させて身を守る凛少将に、隆勝が覆い被さった。太刀で鎌ごと凛少将の身体を石段に押さえつけ、かぐやを振り返る。

「今だ！　射貫（いぬ）け！」

「え……ですが、隆勝様が！」

「大丈夫だ！　お前の力は妖影だけを射貫く。自分の力を信じろ！」

隆勝ごと凛少将を射貫く……妖影が憑いていない人間に力を使ったことは今までない。

大丈夫だという保証はどこにもない。

（本当に矢を放ってしまってもいいの……？）

　悩むが、隆勝の目は臆（おく）することなくまっすぐにこちらに向けられている。強い意志と覚悟を宿すその瞳は、見た者の心まで強くする。気持ちはすぐに定まった。

「天月弓、私……」

　かぐやの想いに応えるように光が明滅する。

「信じてみるわ、自分を」

　強い思いに突き動かされ、ひき絞った弓を一気に解き放つ。光の矢は金の羽を舞い散らしながら、隆勝ごと凛少将の胸を貫いた。

「グッ、アアアアアァッ……あ……ぁ……」

　苦しげな声が途切れ、凛少将は気を失う。凛少将から黒い影がすうっと剝（は）がれていき、霧消すると、その身体ももとに戻った。隆勝と凛少将に刺さっていた矢も役目を終えたとばかりに、光の粒となって天へと昇っていく。

「はあっ、はあっ、やった……の……？」

髪の色が戻り、弓が弾けるように消えると、どっと倦怠感に襲われた。

「ええ。ですが、夜叉には逃げられてしまいましたね」

海祢中将は弓を下ろしながら、悔しそうに夜叉が消えた空を睨んでいる。

かぐやは重い身体を引きずるようにして、隆勝と凛少将のもとへと急ぐ。

「隆勝様、凛少将、ご無事ですか……！」

「安心しろ。俺のほうは衝撃こそあったが、痛みは感じなかった」

隆勝が凛少将を抱き起こしながら、そばに来たかぐやを見上げる。

「そうなのですか？」

「ああ。お前の力が単純に妖影だけを討つものだったからなのか、お前に俺たちを傷つける意思がなかったからなのかはわからんが、凛少将も無事だ」

そう言って隆勝は、凛少将に視線を戻す。

「妖影に憑かれた人間は、肉体の限界を超えた動きをした反動で大体が寝込む。損傷が激しい場合には最悪死に至ることもあるが、凛少将は普段から鍛えているからな。妖影に憑かれてからそう時も経っていないゆえ、すぐに目覚めるだろう」

「よかった……」

胸に手を当て、安堵の吐息を漏らす。

「妖影に斬られた背のほうは治癒するのに少しばかり時を要するだろうが、黒鳶では日常茶飯事だ。今のうちから慣れておけ」

「隆勝……？　慣れるわけないでしょう。自分の妻を武人にでもするつもりですか？」

海祢中将が黒い笑みを浮かべる。このままでは説教が始まりそうだ。

かぐやはおろおろしながら、顔の前で両手を振り、隆勝を庇う。

「あの、海祢中将、私は大丈夫です。隆勝様は、私が黒鳶の一員になりたいと言ったので、必要なことを教えてくださっているのだと……思います」

海祢中将は、ぽかんとしていた。だがすぐに「おやおや」と顎に手をやりながら、楽しげに笑う。

「隆勝を信頼しているんですね」

「えっ、それは……」

ちらりと隆勝に視線を向けると、少し驚いた様子でかぐやを仰ぎ見ている。

（ここで否定するのもおかしいわよね）

恥ずかしさはあるが、素直に告げることにした。

「はい。信頼……しています」

隆勝は目を見張り、すぐにかぐやから視線を逸らした。その耳元は心なしか赤い。

海祢中将はまたも「おやおや」と顎を手で押さえて、にやにやしていた。

そのときだった。凛少将のまつ毛が震える。

「んん……僕、は……？」

瞼を開いた凛少将は視線を彷徨わせる。

「今しがたまで、妖影に憑かれていた」

「隆勝大将……それで僕が助かったということは……かぐや姫は、うまくやれたようですね……」

かぐやを見て微笑む凛少将に、胸が熱くなった。鼻の奥もつんとして、目に涙が滲む。

「なっ……なぜ泣きそうになっているんです？」

ぎょっとしている凛少将に、「だって……」と震える声を絞り出す。

自分が危ない目に遭ったというのに、真っ先にかぐやの成功を気にしてくれたから。

かぐやが感動していると、そこへ水を差すように、応援にやってきた隊員たちの陰口が聞こえてきた。

「少将が妖影に憑かれていたのでは、世話ないな」

「命を預ける我々も、気が気ではない」

彼らは凛少将が下役を庇って、妖影に憑かれたことを知らないのだろう。こぞって凛少将を批判する。

「さすが下役殺しの息子だけある」

上官が負傷しているというのに遠慮なく貶す隊員らに、隆勝と海祢中将が纏う空気も一気に棘々しくなる。凛少将は反論せずに涼しい顔をしているが、気づいてしまった。

その拳が強く握られていることに。

なにか言わなければ……勇気を振り絞って口を開くが、「あ……」と掠れた声が出るだけで言葉にならない。

「いつも偉そうにしているくせに立場ないな」

心ない声はやまず、見かねた海祢中将が口を開こうとしたように見えた。だが、隆勝はかぐやに視線をやりながら、海祢中将を手で制する。

余計なことを言って、凛少将の立場を却って悪くしてしまうかもしれない。けれど、どんなに強い人だって傷つく。心があるのだから、当然だ。

かぐやは胸の前で両手を握り締めた。

(凛少将は私の師匠だもの。師匠の悪口を聞き流したくない。弟子として、その我儘を貫くのは……いいわよね？)

かぐやは不安を押し殺し、地面を見つめながらではあるが、もう一度声をあげる。

「凛少将は……お父様とは……違います」

唐突に話し出したかぐやに、皆の視線が一気に集まった。足が竦みそうになるが、家族から向けられる冷たい視線に比べれば、今の状況などぬるいくらいだと自分を勇み立たせる。

「妖影に憑かれてしまったら、あとは殺すしか方法がない……のですよね」

大勢の中で自分の考えを口にするのに慣れていないかぐやは、袴を握り締めて必死に震えを押さえつけた。

「私が確実に力を使えるのかもわからない中、凜少将は自らを守るために仲間を犠牲にするのではなく、自らを犠牲にして仲間を守ったんです」

視界の端に、驚いたようにかぐやを見ている凜少将の姿が映る。

かぐやの話を聞いた隊員たちは互いに顔を見合わせた。

「本当なのか？」

「いやでも、直接見たわけではないしな……」

「だが、凜少将は弓の名手だろ。姫巫女が言うような理由がなければ、負傷したりしないのではないか？」

ざわめく隊員たちの疑惑の目を撥ね除けるように、かぐやは彼らを強く見据える。

「逃げることだってできたのに、叱責を受けるとわかっていても黒鳶にいるのは……それでもお父様の罪を忘れず、背負っていらっしゃるからだと……思います。それはとても、とても勇気がいることです。誰にでもできることではないと……私は、思います」

「かぐや姫……」

凜少将の視線を受け止めながら、かぐやは彼のそばにしゃがんだ。

「凜少将と仕事に入るとき、私は心強いです。絶対に見捨てない人だと、わかるから」

小さく笑えば、凜少将の瞳にうっすらと涙の膜が張る。凜少将は唇を噛み、そのまま俯いてしまった。

心配になり、胸の前で両手を握り締めながら、かぐやがあたふたしていると、そこへ先ほど凜少将が庇ったふたりの隊員がやってきた。他の隊員の視線を気にしながらも、彼らは腹を固めた様子で勢いよく頭を下げる。

「り、凜少将！　先ほどは助けていただき、本当にありがとうございました！」

「お、俺も、ありがとうございました！」

凜少将は意表を突かれたように目を見張る。

「え、いや……仲間を守るのは当然のことですから……」

それを聞いた隊員たちは申し訳なさそうな表情で唇を引き結ぶ。少しの間のあと、言いにくそうに話し始めた。

「凜少将、失礼ながら自分は、凜少将は二大公家の方だから少将になれたのだとばかり思っていました」

「自分もです。あの噂……下役殺しの子というのを耳にしていたこともあり、凜少将の下につくのは嫌だと……」

凜少将が傷ついているのではないかと横目で様子を窺ってみたが、嫌な顔ひとつせず耳を傾けていた。

「ですが、そう思った自分を殴りたいです！　仲間のために身を挺して敵に飛び込める姿勢、感服いたしました！」

「自分も、凜少将にどこまでもついていく所存です！」

胸に顎がくっつきそうなほど頭を下げる隊員たちに、凜少将は苦笑した。

「そんなにかしこまらないでください」

隊員たちは腰を折ったまま「え?」と顔を上げ、目を瞬かせる。

凜少将はゆっくりと起き上がり、彼らに向き合った。先ほどまで彼を支えていた隆勝は、立ち上がって海祢中将の隣に控え、凜少将たちを見守っている。

「僕のことをいきなり信じろと言うほうが無理な話ですから、こうして一緒に働く中で、僕が信頼に足る少将かどうかを見極めて下さればそれでいいんです」

それを聞いていた隊員たちの反応は様々だった。

「……正直、俺はまだ一緒の班になった経験も少ないし、この人についていって大丈夫なのかっていう気持ちはあるけど、少将なのに自分を見極めてくれっていう上官はそういないよな」

まだ凜少将を見定めている者を始め——。

「凜少将、なんかすごいな。噂を鵜呑みにして、本当の凜少将を見ようともしてなかった自分の想像力のなさに嫌気が差すよ」

「ああ。成果をあげられなかったのは俺たちも同じなのに、凜少将の力不足だなんて批判して、自分が情けない」

感心する者や反省する者もおり、皆が凜少将を認め万事上々……とはいかないものの、追い風が吹き始めているのは確かだった。

かぐやは胸を撫で下ろし、懐から手拭いを取り出す。

「凛少将、腕を少し……失礼します」

下役を庇いながら戦っていたからだろう。背中以外にも小さな傷がいくつもある。かぐやが血が滲んでいる凛少将の腕に手拭いを巻くと、彼の目元にぱっと赤が散った。

「なっ……にをしているんですか」

どこか怒ったような顔をしている凛少将に、慌てて手を止める。

「あ、これは、私が隆勝様に足の手当てをしてもらったとき、こうして布を巻いてもらったのですが、痛みが和らぐだけではなくて、心も癒された気がして……なので、凛少将にもして差し上げたく……」

自分の話題が出るとは思っていなかったのか、手当てを見守っていた隆勝がぎょっとしている。

「健気ですね、隆勝？」

隆勝の表情を見た海祢中将が、わざとらしく目元を押さえる素振りをする。それを冷たく一瞥した隆勝は、なぜか口元を押さえていた。目の錯覚だろうか、指の隙間から見えた隆勝の口端が僅かに上がっている気がした。

「かぐや姫、その……」

隆勝に気を取られていたかぐやは、その声ではっと視線を凛少将へ戻す。

「まあ……あなたのおかげで、大事な仲間を殺さずに済みました。ありがとう……ございます」

凛少将は照れ臭そうに、そっぽを向きながら呟いた。すると、その話題になぜか隊員たちが食いつく。

「今回の功労者は姫巫女ですよね！」

目を輝かせながらこちらを見ている隊員たちに、少し緊張してしまう。そんなかぐやの気持ちなど知らずに、隊員たちは勝手に盛り上がる。

「実際に力を使うところを見てましたが、我々にはあなたという加護があるのだと思うと心強かった」

「やはり俺たちを救うために舞い降りた、天女様なのではないのですか？」

「もしくは金鵄の化身だな」

かぐやが「金鵄？」と首を傾げると、海祢中将がすっと隣に屈んだ。

「金の鳶のことですよ」

「……！」

顔を覗き込んでくる海祢中将との距離が近く、心の臓が跳ねる。

かぐやがびくついたことに気づいた隆勝が、海祢中将の肩を摑んで後ろに引いた。

隆勝はひたすら視界に入れないようにしているが、海祢中将はにやつきながら言う。

「我らが姫巫女がいくら愛らしいからといって、相棒のお嫁さんに横恋慕なんて鬼畜な真似はしませんよ？」

隆勝は冷たく物々しい表情を浮かべている。それを眺めていた隊員たちは「あんなこと言えるの海祢中将だけだよな」「ああ、勇者だ」と小声で話しながら、北風に吹かれたかの如く震えている。

　凛少将は見慣れているからか、疲弊した面持ちでため息をついていた。

「話が逸れましたが、金鵄は建国神話に出てくる霊鳥なんです。建国帝時代、妖影の大軍との戦で苦境に立たされていた天始帝の弓に黄金の鳶が止まり、その身体から発する光で妖影たちの目を眩ませ、勝利することができたとか」

　弓や光、鳥……かぐやの力を体現するものがいくつか重なっているから、皆はかぐやを見て金鵄を想像したようだ。

「このことから天始帝は、金鵄を吉事や勝利や建国の代名詞として国名にも冠し、この国を誕生させたそうです。ですから、俺たちも鳶にちなんで、こんな装いをしているんですよ」

　海祢中将は片目を瞑り、鳥の羽を模した着物の袖を揺らしてみせる。

「なんにせよ、姫巫女の存在はありがたいですよ」

「黒鳶に来てくださって、ありがとうございます！」

　これは夢だろうか。初めはかぐやを畏怖していた隊員たちの目が変わっていた。

　これは幻だろうか。歓迎の微笑がかぐやを包んでいる。

（私のあの姿を見ても怖くないの？　妖しの姫だと、妖影憑きだと気味悪がらないの？）

　隠岐野の里にいた頃、誰ひとりとしてかぐやを受け入れてくれる者はいなかった。家族の翁と嫗ですら、かぐやを気味悪がった。零月だけが唯一、かぐやが繋がれた人間だ。努力しても、報われるはずがないと思っていたのに――。

「やったじゃん」

凜少将が小声で話しかけてくる。砕けた口調になったのは、凜少将が素を見せてもいい相手だと思ってくれたからなのだろう。

目の奥が熱い。込み上げてくる涙が溢れそうになるのを堪えていると、凜少将が怪訝そうに顔を覗き込んできた。

「……？　いつまで黙って――」

凜少将が話している途中で、抑えきれなくなった涙がぽろぽろと両目から溢れ出した。

「は⁉　なんで泣くんだよっ、嬉しくないわけ⁉」

しっかり者の少将の姿から一変して、年相応の少年のように焦る凜少将。それがまた気を許してもらえているように思えて、かぐやはますます泣きながら首を横に振る。

「う、嬉しいです。嬉しいっ……」

子供みたいに泣きじゃくるかぐやを前に、凜少将は唖然とし――。照れたときの癖なのか、そっぽを向きながら袖でかぐやの涙を拭う。

「……喜ぶのは構わないけど、まだお荷物であることには変わりないから！　調子に乗らないように！」

顔を紅潮させる凜少将と、鼻をすすりながら「はい」と答えるかぐやを、皆が苦笑いしながら見守っている。

（ここは、あたたかい……）

私が皆の役に立てるようになるまでには時間がかかるだろうけれど、それでも愛想を尽かされてしまうまでは、この人たちのそばにいたい……。

「え――ちょっと！」

無事に天月弓を使うこともできて、気が緩んだからだろう。力の反動に耐えられなくなった身体がぐらりと後ろに倒れそうになる。

「だから嫌なんだ！　女はひ弱だし、すぐ泣くし……！」

かぐやに向かって凛少将が手を伸ばすが、それが触れるより先に背中に感じる温もり。ゆるゆると顔を上げれば、隆勝が後ろから抱きしめるようにかぐやを受け止めていた。真上から覆いかぶさるようにして、かぐやの顔を覗き込んでいる隆勝の目が温度を帯びる。

「よくやった。あとは休むといい」

隆勝の声が子守唄のように優しく響いている。

「は、い……」

かぐやは辛うじて返事をすると、沈むように微睡に落ちていった。

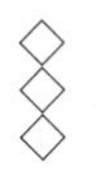

「あの夜叉、また現われましたね。都で妖影が増えているのは、あれのせいでしょうか」

隆勝がかぐやを抱き上げると、海祢は立った凛少将に肩を貸しながら言う。

「妖影の発生数が増加しているのは、かぐや姫が都に来てからだ。かぐや姫自身に妖影を引き寄せるなにかがあるのではないかと思っていたが、お前の言う通りかもしれん」

「夜叉はこれまで俺たちの前に現われたことはありません。ですが、かぐや姫の前には今日も合わせると二度、姿を現わしました。かぐや姫を追ってきたのは間違いないでしょうし、都の妖影が増えた原因が夜叉である可能性は否めません」

海祢の考えは、ただの憶測として片付けられない。たったの二度とはいえ、邦を越えてまで、同じ人間の前に現われた妖影など、今までいなかったからだ。

凛少将は海祢中将に支えられながら、考え込むように視線を落とす。

「……かぐや姫をなぜ追ってくるんでしょうか。かぐや姫に付き纏っている割には、彼女に危害を加える様子もありませんでしたし……」

海祢は「はっ」とわざとらしい声をあげると、隆勝を見る。その目が輝いているのに気づき、隆勝は嫌な予感がした。

「もしやあの夜叉、かぐや姫に恋をしているのでは？　妖影も虜にする美貌とは、なんと罪作りな姫なのでしょう」

「海祢……真面目に話せ」

「ふふ、わかっていますよ。まあ、かぐや姫がいる以上、あの夜叉とは嫌というほど対峙するでしょうから、備えておく必要がありますね」

　ふざけている態度から一変して、海祢は真面目に情報を整理する。

「隠岐野で遭遇したときは笛で妖影を誘い出したように見えましたが、今日はどうでしたか？」

　海祢は、今回最初に夜叉と遭遇した凜少将に意見を求める。

「夜叉が笛を奏でた途端、妖影がいっそう攻撃的になったように見えました。妖影を操ることができるのかもしれません」

　難しい顔で自身の見解を語る凜少将に、隆勝も同じ考えだと頷く。

「そして直接、俺たちに手は出さない。ただ傍観している。己が戦うのは不得手なのか、他に目的があるのか……なんにせよ、かぐや姫には護衛がいる」

「私生活のほうは隆勝がいるので問題ないとして、任務では必ず上官がかぐや姫と行動を共にするのがいいのでは？」

　それは隆勝も考えていたことだった。

　凜少将も異論はないのだろう。「そうですね」と二つ返事で承諾した。

「かぐや姫を過酷な任務へ駆り出さずに済むのなら、それに越したことはないんですがね……」

　海祢はまだ、女が危険な職場である黒鳶にいることに納得していないらしい。

　凜少将も初めは海祢と同じ考えだったようだが、ちらりと様子を窺うと、なにか言いたげな視線を海祢に向けている。

「凛少将も同意見か」

発言するきっかけを与えてやれば、凛少将は唇を引き結んだあと、迷いのない双眼で海祢を見据えた。

「いいえ。かぐや姫は見た目ほど弱くはないかと。任務で妖影の居場所を感じとったとき、僕の手を引いて駆け出したこともありました。こちらの予想がつかない行動に出るんです。あれは隠れじゃじゃ馬の予感がします……」

語尾に近づくにつれ、凛少将の表情に苦労が滲む。

報告を聞いて海祢は意外そうに目を見張り、隆勝は口元を思わず緩めた。

隠れじゃじゃ馬。初めて世界を知った童のように、質問ばかりしてきたかぐや姫の姿と重なる部分があった。共に過ごして間もないが、その活発さこそが本当のかぐや姫の姿なのではないだろうか。

黒鳶でなら、かぐや姫は自分の価値を見出せる。それが心の傷を作った原因——異能の力であるなら、なおいい。その瞬間から、かぐや姫にとってそれは傷でも汚点でもなく、揺るがない強みとなるからだ。あの力を目の当たりにして恐れる者もいるのだろうが、かぐや姫がその力を正しく使えば周りの見方は変わる。

(あの力を妖しの力にするか、神の力にするかは本人次第だ)

黒鳶で多くの人間と関われば、いろんな考えに触れることができるだろう。理不尽に存在を否定されてきたかぐや姫が自我を育てていくための、いい教本となるはずだ。

「どんなに過酷だろうと、〝妖しの姫〟から〝黒鳶の姫巫女〟に、周囲のかぐや姫を見る目を変えるためには必要なことだった。だが……」

隆勝は凛少将を見やり、ふっと笑む。

「かぐや姫はそれ以上の成果をあげてきたがな」

かぐや姫が隊員の凛少将への印象まで変えてしまうとは、想定外だった。

「海祢、優しさは時に毒になる。甘やかしすぎれば人を駄目にするぞ」

「耳が痛いですね。隆勝の守り方は、俺にはできない守り方です」

海祢は首を窄め、苦笑する。

「ですが、確かに隆勝の作戦勝ちのようですね」

「いや、今回は凛少将がいい刺激をかぐや姫に与えたようだ」

隆勝は凛少将に向き直る。

「凛少将、かぐや姫とはうまくやれているようだな」

「あ……は、はい！　昔の僕を見てるみたいでつい、いろいろと喋ってしまって……」

凛少将は過去を振り返るように、遠い目で地面を見つめる。

父親の犯した罪のせいで下役殺しの息子と誹られてきた凛少将には、かぐや姫と同じく理不尽な扱いを受けることに慣れてしまっていた時期があった。あの頃の凛少将はすべてを諦めたような、意思が欠落した空っぽの人形のようだった。

今はもう、その顔に抜け出せないほど深い憂いはなく、すでに過去を乗り越えているのがわかる。

「かぐや姫を最初にお前と組ませたのも、かぐや姫に立ち上がるための一歩を踏み出させることができるのは、凛少将なのではないかと思ったからだ」

「え……」

凛少将は大きく瞬きをした。

凛少将がかぐや姫に似たものを感じたように、隆勝もいつかの自分を凛少将に重ねたのだ。

十のとき、隆勝は母親に捨てられたのだと乳母から聞かされた。

だが、実のところ、先帝が端女に手を出したという不祥事をもみ消すために始末されたというのが真実なのではないかと考えている。秘密裏に行方を捜しているが、未だに手がかりすら掴めないのもそのせいだろう。

端女の子である隆勝は元服前から宮中の厄介者で、守ってくれる大人はおらず、自分に居場所と呼べる場所はなかった。

中でも血族主義の鶴胡柴親王やその母親である女御からは、命に関わるような嫌がらせを受けた。おかげで生傷が絶えなかったが、権力を盾にされ咎められない。それどころか、鶴胡柴親王や女御の機嫌を損ねる隆勝のほうが悪人扱いだ。

この世は道理に合わないこと、筋が通らないことばかりだと幼いながらに悟っていた。

有能ゆえに育て甲斐があるからというのもあるが、付き纏う血の呪縛に抗おうとする凛少将に目を掛けてしまうのは、凛少将が先ほど言ったように昔の自分を見ているようだったからだ。

「実際、任せてよかったと思っている。かぐや姫は自分で考え、他者のために意見するまでに成長した。それも自分を化け物と恐れている者たちの前でだ。本当によくやった」

褒められて気恥ずかしいのだろう。凛少将の顔がぱっと赤くなる。

「ふふ、まるで兄に褒められた弟のようですね」

微笑ましそうに海祢が凛少将の頬を指でつついた。いよいよ照れ臭さに耐えられなくなったらしい凛少将は、両の拳を握りながら意気込む。

「ま、まだまだです！　僕がビシバシ鍛えて、そこのひよっこを立派な姫巫女にしてみせます！」

凛少将の視線は、隆勝の腕の中で寝息を立てているかぐや姫に注がれている。

「正直、まだまだ足手纏いではありますけど、かぐや姫の力が必要なのは身をもって知りましたし、僕に隆勝大将や海祢中将という目標がいるように、かぐや姫にも目標にしたいと思えるような背中を見せていけるよう頑張ります」

「――凛」

海祢も凛少将を可愛がってきたからだろう。後輩の成長を嬉しそうに見守っている。

「……！」

久々に隆勝に呼び捨てにされた凛少将が驚いている。

賞賛を込めて、その役職に就いたときから〝凛少将〟と呼ぶことを徹底していたが、今は下級隊員の頃から目を掛けてきた〝凛〟に、どうしても告げたかった。

「頼もしい上官になったな」

凛少将は目にみるみる涙を滲ませ、ぐっと唇を噛みしめる。

自分の力で少将にまで上り詰めた凛少将だが、まだ逆風の中にいる。それでも、これまでのように前進し続け、いつか自分をも追い抜いていくのだろう。

「はいっ、ありがとうございます！」

やっとのことで言葉を紡いだ凛――凛少将は無邪気に喜ぶ。隆勝たちの前では、凛少将はこうして年相応の反応を見せる。

若い凛少将は普段、誰よりも気を張っている。そんな凛少将が気を抜ける時間を作ってやるのが、上官たる自分たちの役目だ。そして今変わろうとしているかぐや姫に、必要な時に手を差し伸べるのも上官の……いや、自分の役目だ。

それにしても、意思を封じられていた娘が初めて自分から動いたのが他人のためとは……。この調子で、自分の意思を取り戻していけるといい。

腕の中で眠っているかぐや姫を見下ろせば、自然と口角が上がる。

「いやあ、仲良しですね。〝凛少将〟とかぐや姫は」

海祢がずいっと、隆勝の顔を覗き込む。

「口調もいつの間にか、敬語じゃなくなっていましたし」

言われて初めて気づいたのか、凜少将は目を丸くしたあと、顔を紅潮させる。

「恋敵が多いと大変ですね、隆勝」

凜少将とかぐや姫は歳が近い。同年代の友と接するようで親しみやすいのだろう。それをからかう大人ほど、情けないものはない。

「くだらん。凜少将で遊ぶな」

「からかわないでくださいよ、海祢中将！」

抗議する凜少将は、羞恥のあまり涙を浮かべている。事あるごとに海祢にからかわれる凜少将を不憫に思う。かく言う海祢は意に介した様子もなく、穏やかな表情で寝ているかぐや姫に視線を移した。

「この寝顔を見ていると、俺はやっぱり安全なところで健やかに育ってほしいと思ってしまいますが……」

虐げられ苦しむ姉がいる海祢には、思うところがあるのだろう。この男の異様なまでの女への過保護ぶりは、すべてそこに集約される。

「……また、御息所になにかあったか」

「わかりますか？」

海祢は肩を竦めて苦笑する。

「今日は病的なまでに女に過保護だからな」

「また、痛いところを突いてくる……ええ、大当たりですよ。鵜胡柴親王が最近、ひとりで花楽屋に頻繁に通っているようでして」

花楽屋は本来、座に興を添える花娼（かしょう）を見ながら料理を楽しむ店だ。誰かと食事をするならまだしも、身分や金のある男がひとりでする花楽屋通いは大抵の場合、愛妾（あいしょう）にしたい女がいる。

「奥方をそっちのけで、ほんといい御身分ですね」

話を聞いていた凛少将も、不快感を露（あら）わにした。

「ええ、姉夫婦を見ていると、結婚なんてと思ってしまったりもしますが……今はかぐや姫と隆勝のおかげで、そこまで悪くはないのかなとも思えたり」

海祢は隆勝を振り向くや意味深に笑う。

「隆勝と一緒にいることでかぐや姫の世界は広がり、自分を取り戻していく。それを見守る隆勝も癒（いや）されているでしょう？　互いが必要な存在なのだとわかります」

「癒されている……だと？」

信じられない気持ちで海祢の言葉を反芻（はんすう）する。

海祢はそんな隆勝を見て、今度は呆（あき）れ混じりに笑った。

「気づいていなかったんですか？　眠っているかぐや姫を見ているときの顔、緩みっぱなしでしたよ。ま、仕方ないですよね。かぐや姫の寝顔に癒されない男なんていませんから」

改めてかぐや姫を眺める海祢に、なぜだろうか。誰かにかぐや姫の寝顔を見せるのは不愉快だと、不可解にも思ってしまった。

「かぐや姫は俺たちにとっても、いい影響をもたらしてくれそうですね」

「……そうだな」

妖影(かげ)との戦闘で破損した建物や道の修繕の手配は黒鳶が行う。その後処理をしていた隊員たちが遠目にかぐや姫の様子を見ており、心なしか彼らの空気が和んでいる。かぐや姫はただ美しいだけの人形ではないのだ。翁(おきな)たちに封じ込められてしまってはいたが、恐らく本来のかぐや姫の魅力が人を惹(ひ)きつける。

隆勝はかぐや姫が海祢や隊員らの視界に入らないように背を向けた。背中越しに「へえ」と含みのある声が聞こえたが、無視して「戻るぞ」と歩き出す。

「かぐや姫を独り占めしたいだなんて、隆勝にも可愛げがあったんですね。まあ、この通り美姫(びき)ですし、彼女に懸想する輩(やから)もいるでしょうが……」

「懸想……」

そこでふと、昨日のことが頭をよぎる。かぐや姫には兄のような存在である零月という男がいる。だが、髪飾りまで贈るくらいだ、色恋に疎い隆勝でもわかる。

「なんです？　かぐや姫に男の影でもありましたか？」

それについ足を止めてしまうと、海祢と凛少将は「え」と表情を凍りつかせた。なぜだろうか、この空気は居心地が悪い。

「……戻るぞ」

自覚できるほど覇気のない声が出る。

（俺は別の男の影に怯えているのか？　それほどまでに、かぐや姫を……？）

◇◇◇

夜に賑わう料理屋や待合茶屋、花楽屋が集まる地区――『花街』。

黒鳶との交戦のあと、その路地に降り立った夜叉は、胸に靄がかかったような感覚に神経を尖らせていた。

『アレハマタ、過チヲ繰リ返スツモリカ。忘却シテモナオ、卑シキ者ニ心ヲ寄セ、力ヲ使ウナド――愚カナ』

何度、同じ罪を重ねれば学ぶのか。不浄の地に落としたのは間違いだったかと夜叉が考えていたとき、手元でみしっと音がした。無機質な視線をそこへやれば、横笛に亀裂が入っている。知らず知らずのうちに力が入っていたようだ。

（……この苛立ちはなんだ）

夜叉は煩わしい感情をへし折るように、横笛をそのままバキッと握り潰してやった。

（すべては、あれに付き纏う妖影狩り集団のせいだ。まずは黒鳶共から喰らってやるか。そうすれば、あれはよすがを失い、より絶望を知るはずだ）

さて、どうするか。一瞬で方をつけることもできるが、一思いに狩ってしまっては一向にあれは学ばないだろう。夜叉が策を巡らせているときだった。

「なんたって先帝は、あのような劣った血の女を私の正室にしたのか！」

舌足らずな怒号が大路のほうから聞こえる。

「鵜胡柴様、飲みすぎですよ。まだ昼間ですのに」

鵜胡柴親王の身体を支えながら宥めたのは、花楽屋の花娼だろう。金の花が刺繍された赤い着物を抜き襟で着付け、うなじが露わになっている。金の帯を前で締め、まとめられた華やかな茶髪には大ぶりの豪華な簪を飾っていた。

「淡海は私に相応しくない」

「では、一介の花娼でしかない私など、劣ったどころか腐れた血が流れた女ということになってしまいますわね……」

わざとらしいほど悲しんでみせる花娼に、まんまと庇護欲を掻き立てられた鵜胡柴親王は、「なにを言う！」とまたも大声をあげる。

「瑞乃、お前のほうがよほど華がある。地位がないならないなりに、お前のような可愛げがあればよかったものを、あの女の利口ぶった振る舞いは鼻につくのだ」

抱き寄せられた花娼は期待した反応が返ってきたことに満足してか、鵜胡柴親王の腕の中でほくそ笑んだ。

「このような大通りで、どこに耳があるかもわかりませんのに……ですが、鵜胡柴様にそのように褒めていただけるなんて、嬉しいです」

花娼に上目遣いに微笑まれた鵺胡柴親王は、たまらずといった様子でさらに強く抱く。

「ああ、やはりお前は愛らしいな、瑞乃」

花娼は、わかりやすく媚びている。時折、こうして身分の高い男の愛妾の座を狙い、花娼になる女がいるのだ。

「待っていろ、必ずお前を瑞乃の上にしてやるからな」

正式な結婚披露をした北の方ではないものの、正妻格として扱われる『上』の呼称を与えるとは、容易く花娼に乗せられたものだ。

「嬉しいっ」

「よしよし、では待っているのだぞ」

花娼に甘えられ、鵺胡柴親王はすっかり上機嫌で輿に乗った。

(あの男、使えるな)

妙案が浮かんだ夜叉は冷笑を浮かべ、新たに横笛を生み出すと、それを口に当てる。

ひゅるりら……と誘うように音を奏でれば、大路の地面を鯰のような妖影が這った。

誰もそのことには気づかず、妖影はするりと鵺胡柴親王の輿に忍び込む。

ややあって、「止めろ」と鵺胡柴親王は輿を運ぶ男たちに声をかけた。中から虚ろな目をした鵺胡柴親王が出てくると、迷わず路地に向かって歩き出す。

「どちらへ行かれるのですか！」

「お前たちはそこで待て。すぐに戻る」

妖影に身体を乗っ取られた鵺胡柴親王は、こちらの思い通りに目の前までやってきた。役目を終えた妖影はにゅるりとその身体から出る。夜叉が笛を下ろすのと同時に、鵺胡柴親王が我に返った。

「……？　なぜ、私はこのようなところに……」

きょろきょろと周囲を見回していた鵺胡柴親王は、視線を前に戻すや否や青ざめる。

「う、うわあああっ、な、なんだ貴様は！」

腰を抜かした鵺胡柴親王だったが、すぐに起き上がり、大路の方へと駆け出した。

「だ、誰か、助け――」

言葉は最後まで紡がれなかった。すうっと背後に迫った夜叉の両腕が鵺胡柴親王の身体に巻き付いて放さなかったからだ。

『オ前ハ先帝ガ決メタ嫁ガ邪魔ラシイナ』

「……！　妖影が喋ったと？」

本来であれば言葉は通じなかっただろうが、今は特殊な状態ゆえに会話が成り立っているに過ぎない。説明したところで下等な人間に理解できるとも思えない上に、使い捨ての駒には不要な情報だろう。

『ソノヨウナ些末ナコト、ドウデモイイダロウ』

「か、妖影が、わ、私になんの用なのだ」

大量の汗を全身にかきながら、鵺胡柴親王は恐々と尋ねてくる。

『ナニ、協力シテヤロウト思ッテナ』

「協力……だと？　妖影が人間にか？」

『ツクヅク些末ナコトヲ気ニスル。モット実ノアル話ヲショウトハ思ワナイノカ』

「妖影と、どんな話をしろというのだ！」

恐怖のあまり怒り出す鵺胡柴親王は、随分と気が小さいようだ。

『ソウダナ、例エバ……私ハ妖影ヲ操レル。先ホドオ前ニ妖影ヲ取リ憑カセ、ココへ来ルヨウ操ッタヨウニナ』

鵺胡柴親王は身をもって経験したからか、能力を疑うような言葉を吐いたりはせず、ただ震えていた。

『排除シタイ人間ヲ妖影ノ仕業ニシテ消スコトモ容易イ』

それを聞いた鵺胡柴親王の震えがぴたりと止まる。

「それは本当か」

『興味ガ湧イタカ』

夜叉はこれでこそ人間だと、笠の垂衣の内側でうっすら笑いを浮かべる。

「魅力的な誘いではあるが、私に協力してお前になんの見返りがある。権力が欲しいのであれば、先ほどやってのけたように私に妖影を取り憑かせ、操ればいい。だが、こうして取引を持ちかけてくるということは、私でなければならない事情があるのだろう」

この男、ただの馬鹿ではなさそうだ。自分が利害でしか動かないからか、相手を疑うことに関しては抜かりがない。

『ソノ通リダ』

妖影に取り憑かれた人間では駄目なのだ。人間が己の欲のために非道を働く様に、絶望してもらわねば意味がない。

『黒鳶ノセイデ妖影ハ人間ヲ喰ライヅラクナッテイル。ソコデ、安全ニ食スタメノ場所ト、食糧ヲ用意シテモライタイ』

「食糧だと？　つまり私に、お前たちが喰らうための人間を用意しろということか⁉」

『ソウダ。妖影ノ仕業ニシテ、排除シタイ者ヲ食糧トシテ差シ出シテクレ』

「なるほどな。大方理解した。私は近々赤鳶なる妖影狩り集団を作るのだが、黒鳶が目障りでな。お前が私と協力関係になると言うのなら、定期的に食糧を用意してやろう」

『デハ契約成立ダ』

欲深いこの男ならば、さぞ意地汚く踊り狂ってくれることだろう。

「ああ。手始めに淡海を使い、黒鳶の無能さを知らしめてやろうではないか」

路地で密会するふたりは利害が一致し、満足げに歪んだ笑みを浮かべた。


（下巻へ続く）

後日談　寄り添う白蓮

夜、かぐやは帳台で目を覚ました。人斬りの妖影を無事に討ったあと、力尽きて意識を失ったかぐやを隆勝は屋敷まで運んでくれたようだ。

（お礼を言わないと……）

菊与納言が着替えさせてくれたらしい寝間着の白小袖(しろこそで)の上から、薄桃色の羽織を着て隆勝の部屋へ向かう。庭に面した簀子(すのこ)を歩いていると、前から文箱(ふばこ)を手に隆勝が歩いてきた。

隆勝はこちらに気づくや驚いた様子で足を速め、かぐやの前で足を止める。

「もう起き上がって平気なのか」

「はい。あの……ここまで運んでくださって、ありがとうございました」

頭を下げれば、彼の手にある文箱が目に入る。かぐやがじっと見ていたからだろう。

隆勝が「ああ」とばつが悪そうにそっぽを向きながら、それを差し出してきた。

「お前宛てだ」

「私宛て……ですか？」

自分に文を送ってくる相手がいるとしたら、翁たちか零月くらいしか思い当たらない。

「わざわざ、ありがとうございます」

「お前の様子を見るついでだ」

そう言った隆勝の表情が、曇っている気がする。

どうしたのだろう、と隆勝の顔を見ながら不思議に思っていると、

「あっ」

文箱をうまく受け取れず、落としてしまった。その拍子に中から、バサッと大量の文が飛び出す。

「え……」

ぎょっとしながらその場にしゃがみ、文を拾って開いてみた。中身はというと、

【都でお姿をお見掛けしました。人妻となっても、このときめきは褪(あ)せない……】

【人のものになったと知って、いっそうこの恋が燃え上がりました……】

などの意味が込められた和歌が書かれている。どれを開けても貴族からの恋文だった。

「この数、どう見ても恋文だろう。都に来てまだ日も浅いというのに、もうかぐや姫が都にいることを嗅(か)ぎ付けたか」

隆勝も膝(ひざ)をつき、一緒に文を拾って文箱に入れてくれる。

「人妻に恋文を送る者たちの気が知れない」

ぐしゃりと、隆勝の手元で不穏な音がした。ふたりで「あ」と隆勝の手を見下ろせば、

握り潰された文がある。

「……、……すまない」

「申し訳ありません、隆勝様」

形だけとはいえ、もうかぐやは既婚者だ。それも二大公家の出身で第三皇子であった隆勝の妻に恋文を送るなど、失礼どころの話ではない。

「なぜ、お前が謝る」

「私宛てに届いてしまったものなので、ご気分を害されていたらと、心苦しく……」

ふたりでなんとも言えない顔をしながら、向き合うように座っていた。それがなんだかおかしくなってきて、同時に苦い笑みをこぼす。

「……廊の真ん中で、俺たちはなにをしているのだろうな」

「はい。本当ですね」

肩を竦めたかぐやは、ふと妙案を思いついた。文を簀子に広げて折り始めると、隆勝がそれに気づいて首を傾げる。

「なにをしている」

「あ……少し、お待ちください」

白い紙に書かれた恋文で折ったのは、蓮の花だ。それを両手のひらに載せて見せると、隆勝は目を見張った。

「器用だな」

「それほどでは……恋文に香が焚き染めてあるので、いい匂いがしますよ」

隆勝の鼻に近づければ、少しだけその頬が緩んだ。

「本当だな。だがなぜ、急に蓮の花を？」

「その、この恋文に私は応えることはできません。ですが、込められた想いをただ捨ててしまうのは……胸が痛みます。ですので、こうして……」

また新しい蓮の花を折り、簀子の上に並べる。

「紙の花に変えて池に浮かべ、愛でてあげるくらいはしてもよいのかもと……なので、一緒に花見をするというのは……どう……でしょうか？」

躊躇いながらも誘ってみると、隆勝は大きく瞬きをして、やがて優しく目を細めた。

「それはいい。ひとつ残らず、水に沈めてやろう」

「……え？」

隆勝は思わずといった様子で「いや」と口元を手で押さえ、かぐやから視線をそらす。

「自分でもよくわからないことを言った。……俺にも折り方を教えてくれ」

「あ、はい！　まずは紙を三角に折って、筋をつけて……」

隆勝はかぐやの隣で、「こうか？」と言われた通りに恋文を折る。

任務では教わってばかりなので、こうして教える側になるのはいつもと違って新鮮だ。

なにより、隆勝がこんな童の遊びのようなことにも、真剣に付き合ってくれるのが嬉しかった。

ふたりでたくさんあった恋文をすべて蓮の花へと変えると、両手で抱えて庭へ降りた。池のそばに立ち、抱えていた蓮の花をひとつずつ水面に浮かべていく。

池の中央に蓮の花が流れていくように、手で水面を優しく揺らしていると、

「蓮の花の折り方だが……どこで習った？」

隣にしゃがんで、同じように水に手を入れ、波を起こしている隆勝が話しかけてきた。

「零月兄さんが花楽屋の花娼に教えてもらったそうで、私にも折り方を伝授してくださったのです」

「ああ、零月殿か……」

声が下がった気がして隆勝のほうを向くと、どこか複雑そうにこちらを見つめていた。

「零月殿は、あのように見目も整っているうえ、物腰も柔らかいだろう。……心が動くことは……なかったのか？」

「え？」

それはつまり、異性として見たことはあるか、という意味だろうか。

想像するのも恐れ多くて、かぐやは慌てて首を横に振る。

「いえっ、恋心を寄せたことはありません。零月兄さんは本当に素敵な方なのです。手先も器用で、苦労してきたのに優しくて、私にはもったいないです」

「いや、お前に想いを伝えられて嫌な男はいないだろう」

「え……」

それは隆勝様もですか、とうっかり聞いてしまいそうになり、口を閉じる。どんな答えが返ってきても、気まずい空気になりそうだったからだ。

「……俺が言っているのは……世の中の男はそうだという意味だ。すまない、困らせたな」

視線を僅かに彷徨わせた隆勝の耳が赤くなっている気がして、胸のあたりがそわそわする。

「い、いえ……あの、零月兄さんには、もっと相応しい方と幸せになってほしいと思っています。いつも、どんなときでも優しいので、喧嘩もできて素を見せられるようなお相手と」

「……お前はどうなのだ」

隆勝は水面に視線を注いだまま、問いかけてくる。

「私……ですか？」

「お前は、どんな男がいいと思っている」

考えたこともなかった。というより、隆勝と色恋について話しているのも不思議だ。月光に照らされた庭、という情緒溢れる景観がそういう気分にさせるのだろうか。かぐやも真面目に考えてみる。

「いつだったか忘れてしまったのですが……遠い昔に、月に帰ってしまう姫の物語を読んだことがありまして……」

「恋物語か？」

「はい。帝（みかど）は月の姫に恋をしましたが、姫はその世界の人間ではなかったので、いつかは帰らねばならず、想いに応えることはできませんでした」

物語の内容を思い出しながら、本当にどこで読んだ話だろうと記憶を探りつつ続ける。

「ですが、ふたりは恋仲にこそならなかったものの、別れの時まで手紙のやり取りを数年間も続ける間柄でした。私はそれを読んで……関係に名前がなくとも、心で繋がれる人がそばにいてくれたら、幸せなのではないかと思っています」

「なるほどな。お前が惹（ひ）かれる人間の基準に、見た目や就いている仕事などは関係ないというわけか」

「そうなるでしょうか」

「ああ。だが、範囲が広いな。お前の場合、そこには友も仲間も含まれそうだ」

苦笑している隆勝に、「確かにそうですね」と肩を竦めた。

「隆勝様は、どんな方が……あっ」

水の中で、かぐやの手と隆勝の手がぶつかった。かっと頬が熱くなり、とっさに離れようとすると、足元がずりっと滑る。

「危ない！」

池に落ちそうになったかぐやを、隆勝が後ろから抱えるようにして岸に引き戻した。

ふたり揃って尻餅をつき、しばらく放心する。

後ろを振り返ると、隆勝もかぐやを見つめており、同時に安堵の息をついた。

「隆勝様、す、すみません。私、隆勝様の上に座ってしまっていますね……」

すぐに退こうとすると、腹に回っていた隆勝の腕に引き留められる。

「いい、動くな。池に落ちられても困る。ここにいろ」

「で、でも、あの……」

隆勝が喋ると、耳元に息遣いを感じてくすぐったい。背中にも隆勝の体温を感じて、落ち着かないのだ。もぞもぞとしていると、隆勝が小さく息をついてかぐやの頭に手を乗せた。

「ほら、花見に集中しろ」

隆勝に言われて改めて池を見つめれば、すぐにその光景に目を奪われる。

「私たちが咲かせた花……月光に照らされていて……綺麗ですね」

「ああ。お前がいなければ、見られなかった景色だ。俺ひとりでは、折り紙の花を池に浮かべるという発想にすらならない」

「それを言うなら……隆勝様がいなければ、私は外の世界に出ることすら……叶いませんでした」

腹に回った隆勝の腕を躊躇いがちに掴む。勇気を分けてほしかったのかもしれない。感じる体温に励まされながら、思い切って自分の気持ちを伝える。

「ですから……た、隆勝様が見せてくださった景色でも……あります」

自分で言って照れ臭くなり、かぐやが俯(うつむ)いていると――。

「なら……」

後ろから伸びてきた手が、かぐやの頬に触れる。ゆっくりと隆勝のほうに振り向かせられ、夜風すら通り抜けられないほどの距離で見つめ合った。

「俺たちが出会ったから、見られた景色ということか」

「……！　そう、ですね！」

隆勝との出会いがいっそう特別なものに思えた。嬉しくなったかぐやは、声を弾ませながら何度も頷(うなず)く。

隆勝はそんなかぐやを見つめ、目元を和らげていた。

これからも、ふたりだからこそ見える景色と出会えたらいい。そう思いながら隆勝と笑みを交わしたかぐやは、再び池に視線を戻す。すると月を映した水面に、ふたつの白(びゃく)蓮(れん)が寄り添うように浮かんでいた。

外伝　凜と咲きて

無事に人斬りの妖影を退治した日の翌日。

凜は黒鳶堂の上官室で、文机に向かっているかぐや姫の隣に座っていた。

彼女が力の反動で倒れたこともあり、上官同士で話し合った結果、今日は内勤をしてもらおうということになったのだ。

隆勝大将と海祢中将に外回りを任せ、彼女と組んで任務に当たっていた凜も黒鳶堂に残り、巻物を広げて一緒に人斬り事件の報告書をまとめている。

「そこには妖影の特徴を書くんですよ。ほら、蟷螂みたいだったでしょ？」

「わかりました」

筆を走らせていたかぐや姫は突然、「あ！」と声をあげた。墨で書いた文字を手のひらで擦ってしまったようだ。見事に文字が伸びており、ここまで紙が汚れてしまうと、やり直しだ。

「すみません……これでもう、何巻目でしょう……」

かぐや姫は筆を持ったまま、泣きそうな顔でこちらを見上げてくる。

（書く内容に集中していたせいで、手元にまで気が回らなかったんだな）

申し訳なさそうにしているかぐや姫に、やれやれとため息をつく。

「任務の報告書をまとめるのは初めてなんですから、このくらいでうじうじしない！」

そう言ってすぐ、やってしまったと頭を抱えたくなった。

海祢中将にも指摘されたが、意識していないと敬語を忘れてしまいそうになる。歳が近いせいもあるだろうが、いちばんは——。

「っ、はい！　頑張ります」

かぐや姫はごしごしと目元を袖で拭うと、強い眼差しで新しい巻物に書き直す。

そう、上官と下役ではなく彼女に対して親しみを感じてしまうのは、あまりにも昔の自分に似すぎていて、ほっておけないからだ。

——七年前。この国を守る黒鳶大将であった凛の父、蘇芳煉は皆の憧れであった。

『煉殿がいれば黒鳶は安泰ですな』

『同じ蘇芳の一族である我々も鼻が高い！』

町を歩けば民が父を拝み、屋敷に来る貴族たちは口を揃えて褒め称えた。

『父上！　僕は父上みたいな英雄になりたいです！』

ある日の昼下がり。当時、九歳であった凛は、屋敷の一室で刀の手入れをしていた父の首に後ろから抱き着いた。

『はは、なんだ急に。お前はもう、私の息子に生まれた時点で英雄になる道を約束されているようなものだろう』

豪快な笑みを浮かべて振り返る父に、凛もにこにこしながら答える。

『そうなのですか？』

『そうだ。すべては身分で決まる。下々の者は生まれ落ちたその瞬間から、使い捨てられ、名を残すこともできず消えていく運命なのだ。我々と違ってな』

『ふうん、じゃあ僕たちは選ばれた人間なんですね！』

このときの凛には、父の言っていることの半分も理解できていなかった。それを鵜呑みにするだけの、ただの子供だったのだ。

『よくわかっているではないか』

刀を置いた父は、凛の頭をわしゃわしゃと撫でた。

『くすぐったいです、父上！』

凛のはしゃぐ声が屋敷に響く。凛が思い出す中で、最も幸福な時間だった。

それから一月後、凛は官人の任命式や謁見の際に使われる烏冠殿前の広場にいた。高御座で帝が見守る中、盛大に行われているのは前黒鳶大将の──父の葬儀だ。

（どうして……）

黒鳶の隊員たちが棺を挟むように整列している。

黒衣を着た凛は腹の底からふつふつと怒りが湧き上がってくるのを感じながら、粛々と行われる式を母の隣で眺めていた。

式の数日前、父の次に黒鳶大将となった祇王隆勝と隊員の笹野江海祢と名乗るふたりの男が屋敷にやってきて、日蝕大禍の折に父が死んだと伝えられた。それも仲間である隊員に殺されたのが死因で、その罪人は――。

考えただけで殺意が膨れ上がり、帝の御前で罵り殴りつけてしまいそうだった。

やがて火葬を待つ間、棺が置かれる黒鳶堂に移動することになった。凛が我慢できたのは、そこまでだった。

『どうして父上を殺した！』

後ろで『凛！』と母が制止する声がしたが、迷わず突進していった。父が死んでから数日足らずで少将から現黒鳶大将に昇格した隆勝のところへだ。

『この人殺し！　隊員が大将を殺すなんて大罪だろう！』

二十歳の男の背は九歳の自分には高く、胸ぐらの代わりに隆勝の袴を掴んで前後に揺らす。凛に睨み上げられた隆勝は、眉を寄せるだけでなにも言わない。そのすげない対応がなお腹立たしい。

『なんで罰を受けないいんだよ！　お前ら全員、大罪人だ！』

周りにいる隊員たちの顔を見回し、怒りをぶつける。父を殺した人間も、それを見て見ぬふりをした人間も全員同罪だ。

『落ち着いてください。彼は――』

そばにいた海祢が一歩踏み出したとき、凜を見据えたまま隆勝が『構わん』と言った。その余裕のある態度が、さらに凜の神経を逆撫でする。

『絶対に許さない！　お前たち全員……！』

凜は隆勝に鋭い視線を向けながら、強く心に決めた。

（復讐してやる。黒鳶大将の座を奪い返してやる！）

母は息子が第三皇子であった隆勝に手を出したことに頭が真っ白になっていたらしい。しばらく顔を真っ青にして放心していたが、我に返ったのだろう。

『凜！　やめなさい！』

母に引きずられるように黒鳶堂から出される。

その姿が見えなくなるまで凜は、憎しみをすべてぶつけるように隆勝を睨みつけていた。

葬儀から四年が経った。十三になった凜は、少しも薄まらなかった復讐心に突き動かされるままに黒鳶に入った。

二大公家の蘇芳の出である凜には少将の座が用意されていたが、それでは意味がない。

実力で、あの隆勝から黒鳶大将の座を奪い返さなくては、父に笑われる。

父に恥じないようにと、一隊員から始めた凜だったが……。

『蘇芳っていったら二大公家だろ？　なんで下級隊員なんだ？』

『無能だから上官になれなかったらしいぞ』

初めての任務から、同じ班になった隊員の態度は辛辣だった。

（なにも知らないくせに）

黒鳶大将の地位を僻んだ仲間に父が殺されたことなど、風化してしまったのだろうか。

月日が経ち、海祢が中将に昇格していたり、あの頃にいた隊員のほとんどが班のまとめ役を任されるなど、責任ある立ち位置にいる。

（中流貴族だろうと平民だろうと身分に関係なく、実力さえあればそれなりの立場を与える。それが隆勝の裁量なのだとしたら……）

誰もが頑張れば上にいけると、他の隊員たちと同じように不覚にもやる気が出てしまう。

いや、だとしても父を奪った黒鳶を許すことはできない。許してはいけない。

あの男ではなく自分が、腐りきった黒鳶を変えるのだ。

『違う違う。あいつは下役殺しの息子だから地位を与えられなかったんだ』

ふと聞こえてきた声に、一気に思考を持っていかれた。

（どういう意味だ……？）

先を歩いていた凜は後ろを振り返る。すると先ほど声を発した隊員は、にやつきながら続ける。

『煉元大将は日蝕大禍のとき、下役を死地に送り込んで自分は高みの見物をしていただけの無能な大将だったんだよ』

『嘘だ！』

父を貶められて黙っていられるわけがない。隊員にずんずんと近づいていき、その胸ぐらを摑むと、横から『やめなさい』と年配の隊員が割って入ってきた。

『私は日蝕大禍を経験している。そして、隆勝大将のおかげで生き残った古参の隊員だ。だからこそ、はっきりと言おう。彼の言ったことは全部……真実だ』

『ありえない……』

隊員の胸ぐらを摑んでいた手から力が抜ける。

『隆勝大将は、きみの父親の代わりに戦場で隊員を指揮し、死者を最小限に抑えて妖影の大軍を退けた英雄だよ』

年配の隊員の言葉に、足元がガラガラと崩れ落ちていくようだった。

（英雄？　父上ではなく、あの男が？）

なら、今まで自分が信じて目標にしてきた父は何者なのだ。

『きみは隆勝大将やその場にいた私たち隊員のことも、なんの情もない殺人鬼だと思っていただろうけどね』

その口ぶりから、年配の隊員は葬儀で凛が隆勝を詰った場にいたのかもしれない。誰かが『蘇芳の恥だな』と言った。考えずともわかる、あれだけ父を褒めそやしていた同じ蘇芳一族の者だろう。

けれど、口ではなんとでも言える。皆、出世のために父を貶める嘘をついているのかもしれない。

(確かめないと……)

この者たちが嘘をついているという証拠を見つけるのだ。

年配の隊員の話に納得がいかなかった凛は、日勤の任務のあとに黒鳶堂の書庫へと向かった。夜勤の時間は妖影が活発になるため、皆見回りに出ている。そのおかげで、黒鳶堂に人はいない。

手燭の明かりを頼りに、凛は日蝕大禍の報告書が仕舞われている棚を捜した。

『これだ』

年代を見て、数巻の巻物を取り出し、日蝕大禍が起きた時期まで遡る。すると大勢の隊員の字で、父が使い捨てにした下役をどのように、どれだけ死なせたのかが事細かく記されていた。

(嘘だ、嘘だ……っ)

いくつも巻物を広げながら、綴られた父の罪の証拠を目の当たりにし、汗が頬を伝う。

胸が苦しくなり、呼吸も荒くなる。

やがて、凜が至った結論は――。

（……父上は、殺されても仕方のない人間だった）

英雄の父という偶像が消え、凜はその場に崩れ落ちる。

（人殺しは……父上のほうだった。なら僕は……人殺しの子じゃないか）

この四年、凜の原動力であった復讐心も消え、自分が空っぽになってしまったようだ。

恨まれるべきは、下役殺しの息子である自分だ。そんなことも知らず、黒鳶に乗り込んで馬鹿みたいだ。

『ははっ……』

つい、嘲笑がこぼれた。

『罪人は……僕だ。僕は……っ』

悲しいやら、むかつくやらで、感情がぐちゃぐちゃだ。

笑いながら天井を仰いだ凜の頬には、涙が流れる。

『これから、どう償えばいいんだ……』

父の罪は、なにをしても贖えない。それでも、この命をもって償うしかない。

誰よりも前線で戦い、誰よりも多くの妖影を討って、その果てに死ぬのなら許されるだろうか。

『申し訳……ありません。本当に……申し訳ありませんでした……っ』

開いたままの巻物に額をこすりつけ、凛は絞り出すような声で何度も何度も謝罪を繰り返した。


それからの凛は、まるで抜け殻だった。

『くそっ、取り逃がした！』

日勤の任務で班を組んでいた隊員のひとりが悔しげに太ももを叩く。

猫に取り憑いた妖影を追っていたのだが、思いのほかすばしっこく、人の隙間を縫うように逃げていってしまったのだ。

『ああ～、報告に行くの気が重いな。隆勝大将のあの威圧感がどうにもな……』

隊員たちは凛を除け者にし、前で集まって話している。

『それなら、あいつに行かせればいいだろ』

ひとりの隊員が後ろにいた凛を振り返った。

『凛殿、いいですよね？』

嫌だとは言わせない、そんな圧を含んだ物言いだった。

凛がこくりと頷けば、平民である彼らは貴族をいびるのがよほど楽しいのだろう。こちらにやってきて、手の甲で凛の額をぺしぺしと叩く。

『聞こえてんなら、「はい」でしょう』

『はい……』

言われた通りの反応をすると、隊員は気分よさそうに『よしよし』と凜の頭を摑んで乱暴に左右に揺さぶった。

隊員は凜の頭を鷲摑みにしたまま、蔑笑を浮かべた顔を近づけてくる。

『仲間を殺した父親の代わりに、凜殿が俺たちを助けてください』

低く囁くような声が、凜をいたぶる。

『土下座して、自分が足を引っ張ったせいで妖影を逃がしました。ごめんなさ〜いって泣いてくるんだぞ』

他の隊員が茶化す。

『あ、俺たちはその尻拭いのために逃げた妖影を追ったって報告するように。いいな？』

どんなに理不尽なことを強いられようとも、自分にはそれを拒否する権利などない。仲間が望むことを叶えるのも、罪滅ぼしだ。

『……わかりました』

もはや痛む心さえ忘れた。凜は命じられて動く糸操り人形のごとく、ひとり黒鳶堂へと向かった。

『お前はなぜ、ひとりで来た』

黒鳶堂の床に額を擦りつける勢いで凜が土下座し、妖影を取り逃がしたことを報告すると、隆勝は厳しい面持ちでそう尋ねてきた。

『……僕が……ヘマをしたからです』

『凛、反省は個人ですればいい。ですが、任務の失態の責任はその日共に行動した隊員全員で背負うべきものだということは、知っていますね？』

海祢中将が諭すが、凛は顔を上げない。

お手上げだとばかりに苦笑している海祢中将の隣で、隆勝がため息をついた。

『お前の実力は知っている。妖影を狩る腕も、弓を持たせれば右に出る者はいないだろう。黒鳶に入る前から、どれほど鍛錬を積んできたのかがわかる』

太刀は凛のように小柄な身体だと、どうしても一撃一撃に重みがなくなってしまう。そう思った凛は、矢で射て、妖影が体勢を崩したところで太刀でとどめをさせばいいのではないかと、欠点を補う術を考えた。ゆえに太刀と合わせて弓の特訓をしてきたのだが、それを見抜かれていたことに驚いて、つい顔を上げてしまう。

『報告書も綺麗にまとめられていますしね。あなたひとりがヘマをしたとは、考えづらいですね』

海祢中将も凛の無実を信じているようだ。

ひと月以上黒鳶にいるが、海祢中将が隆勝を信頼しているのは見ていればわかる。その隆勝を過去に罵った自分をなぜ、海祢中将は庇うのだろう。

『班員に報告の任を押しつけられたのではないか』

その確信があるような言い方に、隆勝は凛が置かれている状況に気づいているのかもしれないと思った。だからといって、自分になにが言えるだろう。誰が仲間殺しの息子の話など信じるだろう。

『愚弄されたまま、なぜここへ来た。抗うことを諦め、お前を蔑んだ連中の言いなりになったのか』

隆勝の問いに、凜は項垂れるしかなかった。

昔、父は言っていた。

『お前はもう、私の息子に生まれた時点で英雄になる道を約束されているようなものだろう』

違う。父の息子に生まれた時点で、凜に未来などなかったのだ。約束されていたのは、罪人が歩く茨の道だけだ。

今さら抗ったところで、過去は変えられない。父の罪が消えない以上、凜は永遠に罪人の息子として日が当たらない真っ暗な世界を生きるしかない。

『悔しくはないのか』

隆勝の言葉に、『悔しい？』と聞き返す。

父を責めたい気持ちはあったかもしれないが、罪を償うべき人間がこの世にいないのだ。代わりに自分が背負うしかないではないか。犠牲になった者を思えば、悔しさなど抱いてはいけないだろう。

『父は子供の頃、僕にこう言い聞かせました。すべては身分で決まる。下々の者は僕たちとは違って、生まれ落ちたその瞬間から使い捨てられ、名を残すこともできず消えていく運命なのだと……』

それを隆勝は相変わらず無表情のまま、海祢中将は難しい顔をして聞いている。

『父は使い捨てられていく命になんの情も抱いていなかった。ですが僕も、それを言われたとき、違和感すら抱かず、自分たちは特別な人間なのだと信じて疑わなかった』

身分の低い者を見下す父の言葉に、無邪気に『僕たちは選ばれた人間なんですね』などと返事をした自分を思い出すだけで、ぞっとする。

『自分もまた、非情な父に染まっているんです。僕は同類なんです、あの父と。ですから父の罪は、自分の罪も同然で……』

『本当にそうか？』

凛の言い分は隆勝の声に遮られた。

『お前は本当に、そう思っているのか？』

続けざまに問われ、凛の心は激しく揺さぶられていた。

『どういう……意味ですか』

『童の頃は、親がお前の世界のすべてだ。父親の考えを鵜呑みにするのは、当たり前のことだろう。だがお前は親から巣立ち、こうして世間を知り、父親の考えが正しくはなかったと考えるようになった』

『それは……』

　確かに、自分で父親の悪事を突き止めたことで考え方は百八十度変わった。今も父が健在で、自分が昔のまま変われずにいたなら、きっと父と同じ過ちを犯していただろう。

『今のお前は童であったお前とは違う。そして、親子は血が繋がっているというだけで、別の人間だ』

『でも……』

　同じ家族だ。父を諫められなかった自分にも責任はある。

『世の中はどうも、家族を一緒くたにするきらいがある。だが俺は、他者に比べて距離が近すぎるだけの意思ある個人の集まりでしかないと思っている。影響を受けることはあっても、お前はお前だ。それとも、お前はまだ親がいなければ生きていけない童のままなのか？』

『違う！』

　気づけば声を荒らげて、歯を食いしばりながら隆勝を睨みつけていた。

『僕は、馬鹿で無知でなにも知らなかった童のままでいたくないから！　だから父のようにはならないと、仕事に打ち込んでいるんだ！　理不尽な目に遭ったって、そうして罪滅ぼしをしていればいつか、まっとうに僕自身を評価してくれる人がいるかもしれないって、そう信じて……っ』

　言っていて、やっとわかった。本当は少しも、納得していなかったのだ。

　父の罪のせいで、なぜ自分が白い目で見られなければならないのか。自分の未来を閉ざした父が許せなかった。本当はずっと、怒っていたのだ。

『はあっ……はあっ……はあっ……』

捲し立てるように怒鳴ったせいか、凛は自分が肩で息をしているのに気づいた。

自分を評価してくれる人間がいるかもしれない。そんな期待を口に出してしまえば、叶わなかったときに傷つくのは自分だ。それなのに言ってしまった。

凛の諸刃の剣のような怒りを受け止めた隆勝が、ふっと笑みをこぼす。

『安心したぞ』

『……？』

ここで安心する要素がどこにあるのか、凛は困惑していた。

『お前はまだ、戦おうとしているのだな。付き纏う血筋の呪縛から解き放たれるために』

『……！』

先ほど隆勝に本音を引き出されたばかりだ。父への怒りと、この現状を改善しようと動いていた自分に気づいたからか、もはや否定できない。

『凛、そうして開き直っていろ。この世は道理に合わないこと、筋が通らないことばかりだ。付き纏う血の呪縛になどいつまでも囚われているな。抗え』

――抗う。父の罪を代わりに償わなければと自分を戒めてきた凛にとって、それは悪いことのように思っていた。

なのに隆勝が言うだけで、それこそが正しい道だと思えるから不思議だ。

決して凛を甘やかす言葉ではないのに、どうしてこうも耳を傾けたくなるのだろう。まるで枷が外れていくように、心が自由になっていく気がするのだ。

『守ってくれる大人がいないのなら、ひとりでも立てるように強くなれ。自分に居場所と呼べる場所がないのなら、作れ』

なんでこうも、この人は直球勝負なのか。言いたいこともズバズバ言うし、逃げることを許してくれない。ただただ、祇王隆勝という男に圧倒される。

『お前を蔑むやつらの顔を、しかとその目に焼き付けておけ。お前を罵倒した言葉を決して忘れるな。そのとき味わった屈辱と胸の痛みを、残酷な世界で生きていくための原動力に変えろ』

付け加えよう。この人は直球勝負なうえに好戦的だ。

(そうか、これが英雄なのか。この人にこそ、黒鳶大将は相応しい)

もう、この人から黒鳶大将の座を奪おうなんて気は起きない。この人にしか務まらないと、わかってしまったから。

『いつまでも下を向くな。凛然と顔を上げ、胸を張れ。恐ろしくとも、お前が自分の価値を認めさせたい世界をしっかり見据えろ』

隆勝のおかげで目が覚めた。

『っ、はい』

ぼろぼろとこぼれていく涙で、曇っていた瞳が洗い流されたからだろうか。希望に照らされた世界は透き通って、鮮明に見えた。

『血筋も歳も関係なく、己の力だけで這(は)い上がってこい。俺たちはここで待っている。お前が俺たちと同じ場所に上がってくるまで――』

「凛少将、できました！」

かぐや姫の声で凛は我に返った。彼女を見れば、どこか緊張した面持ちで凛に向かって巻物を広げている。

「あ、はい。ええと……大丈夫そう……ですね。合格です」

内容を確認すれば、丁寧に状況も記載されているし、墨が伸びているところもない。読みやすい報告書になっていた。

「よかった……師匠の合格が貰(もら)えて嬉(うれ)しいです」

ほっとしたように、かぐや姫がはにかむ。

自分も隆勝に褒められたときは、こんな顔をしているのだろうな、と苦笑した。

するとかぐや姫はなぜか、はっとした様子で表情を引き締める。

「すみませんっ、このくらいで浮かれて……」

「そうですね、あなたは姫巫女(ひめみこ)なんですから、まだまだ乗り越えなければならないものがたくさんあります」

「うっ、はい……」

萎れていくかぐや姫に凜はふっと笑い、白紙の巻物を広げた。

「それ、貸してください」

彼女から筆を奪うと、眉をハの字にして、波線のような唇をしたかぐや姫の似顔絵を描いて見せる。

「今のあなたはこんな顔になっています。せっかく綺麗な顔をしているのに、素材を殺す天才です」

巻物を覗き込んだかぐや姫は「えっ」と声をあげる。その表情がますます似顔絵に近づくのを可笑しく思いながら、凜は窓の外に広がる青空に目を向けた。

「僕があなたの頑張りを否定しても、あなた自身が頑張ったのなら、僕の評価なんて気にしないで、堂々としていればいいんです」

心は自分で鍛えるしかない。何度傷を負っても、悲しみや喜び、苦しみを感じられる心を失わないために。なにも感じられなくなったら、それは生きながらにして死んでいるも同然だ。

「僕たちは誰かに操られなければ動けないような、空っぽな人形じゃないんですから」

かぐや姫は「人形じゃない……」と凜の言葉を復唱し、同じように青空を見上げる。

その瞳に光が差し込み、微かな輝きを宿していた。

「どんなに綺麗な花でも、萎れていたら見向きもされません。だから踏みつぶされても、からからでも、しゃんと太陽を見上げるんです」

「はい」

隣をちらりと見れば、かぐや姫は凛の言葉を噛みしめるように頷いていた。

(これでも、ひよっこ姫巫女の師匠ですから。皆が見落としてしまいそうな彼女の頑張りや成長も、僕は見ています)

周りがどれだけ彼女という花を散らそうとしても、自分が枯れさせたりはしない。それでも、ひとりで立てなくなったときは。師匠からこの言葉を贈ろうと思う。

——流した涙さえ復活の力に変えて、強く太く、凛と咲け。

本書は、魔法のiらんどに掲載された「鳥籠のかぐや姫～宵暁の章～」を加筆修正の上、文庫化したものです。
後日談と外伝は書き下ろしです。

この物語はフィクションであり、実在の地名・人物・団体等とは一切関係ありません。

鳥籠(とりかご)のかぐや姫(ひめ)　上
宵月(よいづき)に芽生(めば)える恋(こい)

鶴葉(つるは)ゆら

令和５年 12月25日　初版発行

発行者●山下直久

発行●株式会社KADOKAWA
〒102-8177　東京都千代田区富士見2-13-3
電話　0570-002-301（ナビダイヤル）

角川文庫 23950

印刷所●株式会社暁印刷
製本所●本間製本株式会社

表紙画●和田三造

●お問い合わせ
https://www.kadokawa.co.jp/（「お問い合わせ」へお進みください）
※内容によっては、お答えできない場合があります。
※サポートは日本国内のみとさせていただきます。
※Japanese text only

ISBN 978-4-04-114009-3　C0193